LA FOLIE DES HAUTEURS

« La Folie des Hauteurs » est un podcast original de France Bleu Isère en partenariat avec *Alpine Mag*.
À réécouter grâce au QR code ci-dessous ou sur francebleu.fr

Guérin, Chamonix – www.editionspaulsen.com
Les éditions Paulsen sont une société du groupe Paulsen Media.

Lionel Carriou

La folie des hauteurs

Guérin
éditions Paulsen

À Emma et Théo

Première partie

Pionnières et pionniers

1

Douze femmes et l'Himalaya

Ce mercredi 12 août 1959, le vol Air France à destination de New Delhi va bientôt décoller. Sept femmes montent les marches de la passerelle d'embarquement installée sur le tarmac de l'aéroport du Bourget. Avant de pénétrer dans l'aéronef, elles se retournent une dernière fois pour les photographes. Toutes arborent un sourire radieux. L'une d'elles porte un chemisier blanc sur lequel sont imprimés de petits insectes de couleur. Elle agite la main droite en signe d'au revoir. Quelques minutes plus tard, l'appareil s'élève dans le ciel de Paris avec à son bord une partie des membres d'une expédition aussi ambitieuse qu'atypique. Leur objectif: gravir le Cho Oyu, le sixième plus haut sommet de la planète qui culmine à 8 188 mètres d'altitude. «*Comment pouvez-vous faire supporter de pareilles fatigues à des femmes ?*» s'était inquiété un journaliste de la Radio-Télévision française, quelques semaines plus tôt, auprès de la cheffe d'expédition. «*Nous sommes évidemment toutes expérimentées, nous avons un entraînement alpin,* lui avait rétorqué Claude Kogan – la femme au chemisier blanc. *Mais enfin, de par le monde, il est prouvé que la femme peut supporter de grosses fatigues, aussi bien que l'homme, je crois !*»

Claude Kogan sait de quoi elle parle.

En 1959, elle a 40 ans et une solide expérience d'alpiniste. Claude Kogan s'est d'abord illustrée aux côtés de son mari Georges dans les Alpes puis les Andes, jusqu'à 6 000 mètres d'altitude. Mais Georges est mort en 1951, terrassé par une maladie foudroyante. Claude continuera pourtant à tracer son chemin sur les sommets enneigés du monde entier. Elle fait la première ascension du Nun, au Cachemire en 1953, et du Ganesh Himal en 1955, deux sommets de plus 7 000 mètres. Entre les deux, en 1954, elle a fait une première tentative au Cho Oyu avec le guide suisse Raymond Lambert. Devancés au camp de base par une expédition autrichienne, ils leur ont laissé la politesse... et la première ascension du sommet. Puis le temps s'est dégradé et dans des conditions météorologiques dantesques, la cordée a dû faire demi-tour, vaincue par le vent. Mais la Française revient en Europe avec un record d'altitude féminin !

«*Claude Kogan est arrivée à Paris en bonne forme, toute rose et l'œil bleu, saine et sauve !*» se réjouit Lise Elina, la journaliste qui l'interroge alors pour la chaîne Paris Inter.

— *Claude Kogan qui est toute petite et qui mesure combien ?*

— *Un mètre cinquante...*

— *Un mètre cinquante et la voilà la femme la plus haute du monde !*

Car au Cho Oyu, Claude Kogan a atteint les 7 700 mètres d'altitude, ce qu'aucune femme avant elle n'avait fait.

— *Quelle est l'impression que peut ressentir une jeune femme comme vous, petite et menue, lorsqu'elle arrive à ces énormes altitudes ?* reprend la journaliste.

— *Moi, ce jour-là, j'étais un peu désappointée car j'aurais voulu encore monter plus haut ! J'espérais aller au sommet... mais enfin j'étais quand même très contente de ma nouvelle expérience.*

*

Claude Kogan n'a jamais vécu dans l'ombre des hommes. En montagne comme dans la vie, c'est une première de cordée. Installée à Nice, elle dirige une entreprise de conception et de fabrication de maillots de bain de luxe. Quand son agenda de patronne le lui permet, elle s'exerce à l'escalade sur la grande falaise locale, le Baou de Saint-Jeannet, qui culmine à 802 mètres d'altitude, avec vue sur la mer. Son grand projet qui prend forme à la fin des années 1950, c'est donc d'organiser une expédition exclusivement féminine en Himalaya.

Ce n'est pas tout à fait la première initiative du genre. En 1955, l'Écossaise Monica Jackson avait déjà dirigé une expédition féminine au Gyalzen Peak – du nom du sherpa qui les avait accompagnées, elle et Betty Stark, jusqu'au sommet. Mais le Gyalzen Peak est une montagne qui ne fait «que» 6 000 mètres d'altitude. Claude Kogan, elle, entend prendre sa revanche sur un sommet de plus de 8 000 mètres, le Cho Oyu. Trois ans plus tard, lorsqu'elle annonce son projet, les sponsors comme les mécènes ne se bousculent pas. Pensez donc: une expédition *féminine* sur un sommet *déjà conquis* par d'autres... À l'époque, l'alpinisme est l'affaire quasi exclusive des hommes, et la conquête de l'Himalaya fait l'objet d'une compétition entre les nations. Or Claude Kogan, comble de l'incongruité, a prévu d'y aller avec des ressortissantes de cinq pays différents... Bref, tout ça n'intéresse pas grand monde, à commencer par la Fédération française de la montagne (la FFM) dont le «comité de l'Himalaya» organise toutes les expéditions nationales depuis l'ascension du «premier 8 000», l'Annapurna, en 1950 par Louis Lachenal et Maurice Herzog. Claude Kogan devra donc se passer du soutien des instances officielles. Elle obtient toutefois l'aide du club alpin féminin... britannique et d'un fabricant de vêtements. S'ajoutent les contrats d'exclusivité signés avec une agence de presse suisse et deux journaux – *Paris Match* pour la France, le *Daily Telegraph* pour l'Angleterre. Mais ça ne suffit pas et chaque participante devra sortir de sa poche 450 000 francs, soit environ 8 000 euros d'aujourd'hui, en guise de participation aux frais.

Pour mener à bien son projet, Claude Kogan a sélectionné une équipe de choc. Il y a d'abord son équipière habituelle Claudine Van der Stratten, une baronne belge dont le statut lui offre le loisir d'être championne de ski et grimpeuse de talent. Vient ensuite la Suissesse Loulou Boulaz, 51 ans, qui a réalisé quelques-unes des escalades les plus difficiles des Alpes et qui, à 24 heures près, a manqué la première ascension de la mythique face nord des Grandes Jorasses en juin 1935... La cordée qu'elle formait avec Raymond Lambert, Giusto Gervasutti et Renato Chabod a été devancée par deux jeunes Allemands, Rudolf Peters et Martin Maier.

Pour son voyage au Népal, Claude Kogan a aussi choisi sa grande amie Jeanne Franco, institutrice à Chamonix et grimpeuse émérite. L'expédition compte également trois Britanniques, toutes membres du Ladies Alpine Club: Dorothea Gravina, Eileen Healey et Margaret Darwall. Colette Le Bret sera le médecin de l'expédition, elle vit en Vendée et partage son temps libre entre équitation et alpinisme. Trois jeunes Népalaises font aussi partie de l'équipe, et rejoindront les Européennes à Katmandou: Nima, Pem-Pem et Doma, respectivement les filles et la nièce du Sherpa Tenzing Norgay, vainqueur de l'Everest en 1953 avec Edmund Hillary.

Enfin, la Grenobloise Micheline Rambaud, 30 ans, vient compléter le casting: employée dans le magasin de photographie de son père, elle sera la cinéaste de l'expédition. «*Je n'en suis pas capable !*» lance-t-elle à l'un des membres du prestigieux Groupe de haute montagne qui l'encourage à proposer sa candidature. «*Si ! Je connais ton niveau et je connais ton caractère,* lui répond-il. *Et je sais que tu en es capable.*» Soixante-deux ans plus tard, dans son petit appartement d'Annecy-le-Vieux, Micheline Rambaud se souvient de cette conversation qui va changer sa vie. «*Vous pensez bien qu'un truc comme ça, ça ne se refuse pas !* sourit la nonagénaire. *J'ai donc rencontré Claude Kogan pour mettre les choses au point avec elle, et j'ai payé ma quote-part pour le voyage parce que nous n'étions qu'une expédition privée, pas une expédition nationale comme ces Messieurs !* » Micheline Rambaud ne digère toujours pas l'absence de soutien à l'époque de la Fédération française de la montagne. Elle se rappelle notamment avoir croisé son président Lucien Devies lors de l'inauguration d'un refuge dans les Alpes, peu de temps avant le départ vers le Népal.

— *Bonjour monsieur, je suis Micheline Rambaud et je vais partir comme cinéaste avec Claude Kogan au Cho Oyu.*

— *Le Cho Oyu ? J'ai toujours dit que c'était une montagne à vaches. Alors une fois qu'une expédition de femmes y sera montée, ça prouvera que j'avais raison !*

À ses pieds, son petit chien baptisé Pic se met à gémir.

En 1959, la Grenobloise ne se laisse pas décourager et se prépare pour le voyage. Côté matériel, elle emporte une caméra Beaulieu R16 à trois objectifs; les images des camps d'altitudes seront tournées par Claude Kogan à l'aide d'une petite caméra Kodak Magazine. En tant que réalisatrice, Micheline Rambaud veut assumer à 100 % la dimension féminine de l'expédition. «*Dans le film, il y a un moment où deux de mes compagnes sont en train de se mettre du rouge à lèvres*», souligne-t-elle. Le commentaire de *Voyage sans retour*, sorti en 1960, enfonce le clou: « *Jamais lors de cette expédition, ni les Européennes, ni les Népalaises, nous n'avons renoncé à ce qui a pu, aux yeux de certains, passer pour une faiblesse, mais qui souvent, je le crois, a été notre force: notre féminité. Et comment l'affirmer mieux que par un quotidien souci de notre personne ? Femmes nous étions, et femmes nous avons su rester.* »

*

Le camp de base est installé le 14 septembre 1959, au pied de la montagne à 5 640 mètres d'altitude. L'équipe au complet compte 12 femmes et 10 hommes, des Sherpas dont le chef – le sirdar – se nomme Wangdi. La progression sur la montagne peut maintenant commencer, et les choses ne traînent pas. Quatre camps intermédiaires sont nécessaires pour atteindre le sommet. Le premier, à plus de 6 000 mètres, est installé le 19 septembre. Le lendemain soir, Claude Kogan et trois camarades dorment déjà au camp 2 et, après quelques heures de repos, les voilà reparties pour faire la trace vers le camp 3... Le 22 septembre, la cheffe d'expédition redescend au camp de base. La machine semble alors parfaitement huilée. Pourtant, un premier grain de sable va venir perturber l'organisation. Loulou Boulaz, qui avec Claude Kogan est la plus capée de l'équipe, redescend en titubant du camp 1: la peau de son visage a viré au bleu, signe probable d'un œdème pulmonaire de haute altitude. Le docteur Le Bret lui fait une piqûre et ordonne son évacuation vers Namche Bazar, le village le plus proche. Quant à Margaret Darwall, l'une de ses jambes est anormalement enflée... Pour elle aussi, l'expédition est terminée.

Le 26 septembre, Claude Kogan repart du camp de base avec l'intention de pousser jusqu'au sommet. Le 1er octobre, il se met à neiger. La Niçoise quitte alors le camp 3 avec Claudine Van der Stratten mais, en dépit de la dégradation des conditions météo, elle décide de monter installer le camp 4 à plus de 7 000 mètres d'altitude. Le drame est en train de se nouer. Seul le Sherpa Ang Norbu accompagne les Européennes. Les trois autres Népalais montés au camp 3 regagnent le camp de base avec un message écrit par Claude Kogan et que Charlie Buffet a reproduit dans son livre *Première de Cordée*:

« *Mauvais temps, mais en sécurité, avons de quoi tenir. Sommes claquées, avons refait la trace, montés la tente Jannu à 7 100 mètres d'altitude* [...]. *Demain, resterons couchées.* »

« *Il y avait des flocons de neige gros comme des soucoupes,* témoigne Micheline Rambaud. *Des gros flocons, une neige bien lourde qui s'entasse pendant cinquante heures sans arrêt.* » Tout le monde se replie vers le camp de base; tout le monde, sauf le trio de tête.

« Elles étaient au camp 3 et elles sont montées au camp 4, on n'a pas compris, se désole la cinéaste. *On peut penser que le moteur principal de la chose ça a été l'altitude et l'ivresse de l'altitude qui est bien connue des alpinistes qui vont assez haut. Sorti de là, ça n'est que du bla-bla ! »*

Le 2 octobre, le chef des Sherpas, Wangdi, inquiet de ne pas voir redescendre l'équipe de tête, décide de monter à leur rencontre en compagnie de Chowang. Mais la cordée se fait surprendre par une avalanche juste au-dessus du camp 3. Chowang meurt enseveli sous un amas de neige. Wangdi, lui, parvient à se dégager et à rejoindre le camp de base. Quant à Claude Kogan, Claudine Van der Stratten et Ang Norbu, on n'a plus de nouvelles d'eux. L'information parvient en Europe, relayée par la télévision française.

— *Quelques dépêches qui nous sont parvenues nous laissent quelques inquiétudes sur l'aventure de Claude Kogan dans l'Himalaya.*

— *Eh bien oui, l'inquiétude règne depuis ce matin sur le sort de cette toute petite femme charmante qui est aussi la femme la plus haute du monde. On sait qu'à la tête de la première expédition himalayenne entièrement féminine, elle s'attaquait dans l'Himalaya à un sommet de 8 189 mètres où elle avait échoué en 1954, le Cho Oyu...*

*

La neige accumulée sur les flancs de la montagne continue de glisser en gigantesques avalanches. Au camp de base, l'espoir s'amenuise à mesure que les jours passent. Le 6 octobre, enfin le temps se calme. Une équipe se met en route et le 11 octobre Jeanne Franco et Dorothea Gravina atteignent l'emplacement du camp 4. Hélas, elles ne trouvent aucune trace de Claude, Claudine et Ang Norbu. La neige a tout recouvert. « *Ils étaient dans des petites guitounes, vous comprenez bien que la première coulée de neige qui est descendue les a ramassés* », explique Micheline Rambaud. Où sont Claude, Claudine et Ang Norbu ? Projetés 3 000 mètres plus bas ? À moins qu'ils aient terminé leur course au fond d'une crevasse ?

Une chose est sûre : le Cho Oyu a pris quatre vies – quatre corps que l'on n'a jamais retrouvés. Alors que l'équipe s'apprête à quitter le camp de base pour rentrer en France, Jeanne Franco envoie une lettre au correspondant de l'AFP à New Delhi :

« *Nous avons renoncé au sommet pour laisser à notre petite Claude son titre de femme la plus haute du monde.* »

Plus tard, d'autres femmes suivront ses traces, comme la Française Isabelle Agresti qui, en 1967, atteignit un sommet de 7400 mètres en Afghanistan. Quant à la première ascension féminine d'un sommet de plus de 8000 mètres, elle est réalisée par les Japonaises au Manaslu en 1974.

À son retour en France, Micheline Rambaud a repris son travail dans le magasin de photo de ses parents. Son film *Voyage sans retour* a reçu le grand prix du festival de Trento (Italie) en 1960. Ce n'est que six décennies plus tard, alors que la France se confinait en raison de l'épidémie de Covid 19, qu'elle s'est décidée à reprendre ses carnets d'expéditions pour en faire un livre en hommage à ses camarades disparues. Aussi pour remettre à l'honneur cette première expédition féminine tombée dans l'oubli. Micheline Rambaud n'est jamais repartie en expédition. Mais elle garde en elle le souvenir du Cho Oyu. « *C'est une fleur dans mon jardin personnel*, dit-elle. *Un souvenir de ma vie, quelque chose hors de l'ordinaire.* » Et, en détachant bien les syllabes, Micheline Rambaud conclut dans un sourire : « *C'est quelque chose d'extra-ordinaire.* »

2

Un scalp de yéti dans les mains de Sir Edmund

La petite annonce est parue dans le journal *Auckland Star* la veille du réveillon de Noël 1959 : «*Sir Edmund Hillary recherche deux jeunes grimpeurs néo-zélandais pour l'accompagner sur une prochaine expédition en Himalaya.*» Le texte précise que l'aventure aura également un but scientifique; il s'agira plus précisément de mener des recherches sur la physiologie en haute altitude. Les candidats devront avoir entre 25 et 35 ans. Après mûre réflexion, Michael Gill, qui n'a que 22 ans à l'époque, décide de se vieillir d'un an et de tenter sa chance. Deux heures plus tard, sa lettre de motivation est prête. Mike a déjà une solide expérience d'alpiniste dans les Alpes néo-zélandaises, et surtout il est étudiant en médecine. De surcroît, il a choisi comme spécialité... la physiologie. Le jeune homme glisse sa lettre dans une enveloppe, puis parcourt à pied les deux kilomètres et demi qui le séparent du pavillon d'Edmund Hillary avant de déposer le pli dans la boîte aux lettres. Le lendemain, «Ed» en personne l'appelle au téléphone. «*Pour moi, évidemment c'était un cadeau tombé du ciel !*» se souvient Mike Gill qui, à 84 ans, coule aujourd'hui une retraite paisible à Auckland. En ce mois de décembre 1959, son horizon soudain devient plus vaste. Il va partir en Himalaya avec l'homme de l'Everest !

Six ans plus tôt, le 29 mai 1953, Ed Hillary et le Sherpa Tenzing Norgay entraient dans l'Histoire en gravissant pour la première fois les 8 848 mètres de l'Everest au cours d'une grande et ambitieuse expédition britannique. Tenzing est devenu un héros national au Népal. Quant à l'apiculteur kiwi, il a été anobli par la nouvelle reine d'Angleterre Elizabeth II et gagne au passage ces trois lettres – il faut désormais l'appeler *Sir* Edmund Hillary. Auréolé de ce succès planétaire, il décide en 1959 d'organiser un nouveau voyage. Cette fois, il s'agira d'une expédition scientifique montée en collaboration avec le docteur Griffith Pugh, personnage clé de l'entreprise de 1953. Pugh, le physiologiste de l'expédition, avait supervisé l'utilisation de l'oxygène. En 1959, Hillary et Pugh veulent étudier l'adaptation de l'organisme à la très haute altitude et pourquoi pas répondre à *la* grande question qui divise la communauté scientifique depuis la première tentative sérieuse sur l'Everest, en 1922 : est-il humainement possible de gravir l'Everest sans apport d'oxygène supplémentaire ? Très vite, les deux hommes délaissent le Toit du monde pour se focaliser sur un autre géant himalayen : le Makalu et ses 8 485 mètres d'altitude. Le sommet a été foulé pour la première fois en 1955 par des Français tous équipés de bouteilles d'oxygène. Afin de pouvoir se passer de toute aide respiratoire, Pugh et Hillary imaginent une expérience pour le moins radicale basée sur le principe de l'acclimatation : six alpinistes triés sur le volet – dont le jeune Mike – vivront durant six mois dans une cabane construite pour l'occasion à environ 6 000 mètres d'altitude. Ce refuge en forme de tonneau et constitué de panneaux d'aluminium portera le nom de *Silver Hut* – la cabane d'argent. Et elle abritera un laboratoire complet pour mener toute une série d'expériences scientifiques.

*

Pour financer cette longue et lointaine expédition, il faut de l'argent, beaucoup d'argent. Edmund Hillary met à profit sa stature de héros, son large sourire et son entregent naturel afin de convaincre un géant américain de l'édition de financer le projet. La simple promesse du progrès de la connaissance scientifique suffira-t-elle cependant à emporter l'adhésion du *World Book Encyclopedia* ? Hillary, qui ne manque pas d'habileté, a imaginé un argument imparable : l'expédition scientifique commencera par une « chasse » au yéti ! L'animal, en effet, jouit d'une certaine popularité en cette fin des années 1950. Le dessinateur Hergé en a fait l'un des personnages centraux de son *Tintin au Tibet,* sans doute inspiré par le récit d'Eric Shipton qui avait photographié ses traces de pas dans la neige lors d'une mission de reconnaissance sur le versant népalais de l'Everest en 1951. Des empreintes de pas dans la neige, c'est d'ailleurs le seul élément probant dont disposent les visiteurs de l'époque, comme le fait très justement remarquer un autre Britannique, Bill Tilman. Lui-même a vu des empreintes de yéti dans la neige lors de son expédition à l'Everest en 1938, côté tibétain cette fois. Quand on y pense, des traces, c'est bien peu de chose. Mais Tilman ne se démonte pas et lance avec un brin de malice : « *J'affirme simplement que des traces, pour l'explication desquelles rien de pertinent n'est proposé* [...], *ont été vues et continueront à être vues dans diverses régions de l'Himalaya, et tant que nous n'aurons pas découvert un ayant droit plus méritant, nous pourrons aussi bien les attribuer à "l'Horrible Homme des Neiges".* »

Au sortir du second conflit mondial, on en était donc là : des Anglo-Saxons avaient identifié à coup sûr des empreintes. L'URSS, à l'aube de la guerre froide, ne pouvait raisonnablement demeurer à l'écart de cette course au yéti. Après tout, l'animal des montagnes lui aussi devait pouvoir bénéficier de l'œuvre émancipatrice des Soviets. La chance allait bientôt se manifester : en 1958, des hydrologues en mission dans les montagnes du Pamir tadjik observent l'animal *de leurs propres yeux* durant plusieurs minutes ! L'un des responsables de l'expédition soviétique en fait alors une description assez précise relayée par le correspondant de la Radio-Télévision française (la RTF) à Moscou: « *Selon le professeur, l'homme des neiges se déplace à la manière des bipèdes et non des quadrumanes, son corps est recouvert de longs poils gris-roux, il est trapu et ses membres supérieurs sont particulièrement longs.* » Ne manque à cet inventaire anatomique qu'un seul détail: le crâne en forme d'ogive. Après les traces de pas dans la neige, puis l'observation des Russes, il faut maintenant passer à l'étape ultime: capturer le yéti et mettre fin au mystère une bonne fois pour toutes. La figure du yéti est présente depuis longtemps chez la plupart des communautés de l'Himalaya; elle nourrit la culture, l'imaginaire, et peuple les contes. Mais trêve de folklore, il est temps désormais de faire entrer l'animal dans le grand inventaire des espèces, quelque part entre l'ours du Tibet et le singe des montagnes. Légende ou réalité, grâce à l'expédition de Hillary, on serait bientôt fixé. Et l'éditeur américain allait donc financer l'opération.

*

En septembre 1960, les premiers membres de l'expédition de la *Silver Hut* quittent Katmandou pour l'ouverture de la « chasse » au yéti. Hillary a jeté son dévolu sur la vallée du Rolwaling: vers 5 500 mètres d'altitude, sur le glacier du Ripimu, ses compagnons installent un poste d'observation avec une longue-vue et des appareils photo à déclenchement automatique. L'équipe dispose par ailleurs de sifflets censés reproduire le cri de l'abominable homme des neiges... Enfin, lorsque la « rencontre » se produira, les alpinistes n'auront qu'à dégainer leurs fusils hypodermiques pour attraper l'animal vivant et rapporter la preuve incontestable de son existence. Le yéti ainsi capturé bénéficierait alors, c'est promis, de tout le confort offert par le zoo de Lincoln, à Chicago. Son directeur, Marlin Perkins, compte d'ailleurs parmi les membres de l'expédition.

«*D'un côté, j'étais assez sceptique sur tout ça,* reconnaît aujourd'hui Mike Gill, *mais, en même temps, c'était une merveilleuse opportunité de grimper en Himalaya à 6 000 mètres d'altitude, tout en cherchant le yéti. Bon, on n'a pas vraiment aperçu de yéti, mais on a vu des empreintes dont les Sherpas nous disaient que c'étaient celles d'un yéti. En fait, on a pu démontrer que ces empreintes étaient celles d'un renard. Puis on nous a apporté une peau présentée comme celle du yéti, mais c'était celle d'un ours bleu du Tibet. Une main de yéti aussi, qui s'est avérée être une main humaine.*» Finalement, le monastère de Khumjung, au-dessus de Namche Bazar, prête une relique capitale. «*C'était certainement la pièce la plus intéressante. On nous assurait que c'était un scalp de yéti. Ed l'a pris pour le montrer à des savants.*»

À l'arrivée de l'hiver, Sir Edmund quitte le Népal avec le précieux trophée pour une tournée en Europe et aux États-Unis. Le 21 décembre 1960, il exhibe le scalp devant les caméras du journal télévisé de la RTF. «*Je crois que je suis comme la plupart des gens,* explique-t-il: *je veux examiner les faits pour essayer de découvrir si le yéti existe ou non.*» Le chef d'expédition, en costume cravate, tient entre ses deux mains la fameuse pièce à conviction: les téléspectateurs découvrent ce qui ressemble à la partie haute d'un crâne pointu et recouvert de poils. La relique paraît un peu plus grande qu'une tête humaine. Quand on lui demande s'il y croit lui-même, le vétéran des expéditions himalayennes botte en touche: « *Je ne me sens pas compétent pour donner une opinion. C'est l'opinion des experts qui nous intéresse.*» Son visage placide trahit un certain manque de conviction, mais il se prête au jeu. Après tout, c'est grâce au yéti que le projet de la *Silver Hut* a pu voir le jour.

Sur le plateau télé, assis à la droite de l'explorateur, il y a Bernard Heuvelmans, un scientifique qui se passionne pour les animaux inconnus ou disparus – des animaux dont l'existence même est discutée. Heuvelmans est le père de la *cryptozoologie*, une discipline contestée, en marge, mais qui a aussi des arguments à faire valoir : l'okapi n'a-t-il pas été découvert tardivement, au début du XXe siècle, longtemps après avoir été abondamment décrit par les Pygmés d'Afrique centrale ? Pourquoi n'en serait-il pas de même pour le yéti ? Le journaliste interroge Bernard Heuvelmans :

— *Croyez-vous que ce scalp soit un véritable scalp de yéti ?*

— *Je répondrais oui, avec des réserves.*

S'ensuit une démonstration pour le moins déroutante basée sur l'agencement des poils sur l'os du crâne et qui se conclut par ces mots : « *Jusqu'à preuve du contraire, je crois à l'authenticité de ce scalp.* »

La preuve du contraire, justement, ne tarde pas à arriver : après analyse, il s'avère que le scalp a été confectionné probablement deux siècles plus tôt à partir de poils de *sérou*, une sorte de chèvre-chamois de l'Himalaya. Pour un peu, ce yéti aurait pu avoir des cornes !

Trois semaines plus tard, le zoologue est de retour sur le même plateau télé ; mais cette fois l'apiculteur néo-zélandais n'y est pas.

— *Pensez-vous que Sir Edmund Hillary, lorsque nous avons eu cette conversation à trois, était au courant ?*

— *Oui !*

— *Est-ce qu'il nous a bluffés ?*

La réponse du cryptozoologiste est... assez cryptée.

— *Oui, incontestablement. Je savais d'ailleurs moi-même que c'était un faux, mais je ne pouvais pas l'affirmer parce que j'avais la pièce en main, et la pièce me disait le contraire à ce moment-là. Je crois que c'est ça, le point de vue scientifique.*

— Mais alors pour quelle raison nous a-t-il bluffés, quel intérêt y aurait-il à fabriquer de faux scalps ?

— Ce n'est pas lui qui a fabriqué ce scalp, mais je crois que son intérêt c'est de trouver une excuse à l'échec de son expédition.

Un échec ? Hillary, c'est vrai, n'a ramené aucune preuve de l'existence du yéti. Mais derrière cette aventure infructueuse se cache une authentique expédition scientifique qui, elle, va connaître un authentique succès.

*

Pendant que Ed Hillary promène son scalp jusqu'à Londres et Chicago, le reste de son expédition avance vers la vallée du Mingbo, au pied de l'Ama Dablam, où la *Silver Hut* doit être assemblée. Il faut 310 porteurs népalais pour acheminer tout le matériel. La cabane est construite sous un col, à l'abri du vent et des avalanches, à 5 800 mètres d'altitude. C'est un demi-cylindre de 6 mètres de long sur 3 de large. D'un côté, le lieu de vie avec une table et huit couchettes pour les alpinistes ; au milieu un poêle ; et à l'autre bout du tunnel, un laboratoire complet avec notamment un vélo d'intérieur destiné aux tests d'effort. À chaque extrémité du tube argenté se trouve une fenêtre par laquelle on peut admirer les montagnes enneigées. Les huit cobayes passent six mois dans ce cadre majestueux, dont tout un hiver, sans utiliser d'oxygène artificiel. Mike Gill, qui n'est pourtant pas bien épais, se déleste encore de quelques kilos, mais globalement, comme la plupart de ses camarades, il supporte plutôt bien ce séjour prolongé au pays de l'oxygène rare. Et puis les journées sont bien remplies. « *On avait un protocole très bien planifié pour les expériences,* souligne le benjamin de l'expédition. *Le matin était consacré aux mesures. Beaucoup de ces mesures consistaient à voir ce qui arrivait quand on faisait des efforts à cette altitude, et avec des intensités différentes. Nous avions un vélo d'appartement et on pouvait régler la friction des roues, augmenter cette friction pour faire croître l'intensité de l'effort. Pendant ce temps-là, on soufflait dans des sacs pour récolter des échantillons d'air qui provenaient des poumons et on les mettait dans des tubes.*»

«*C'était la première fois qu'on faisait vraiment une mesure de la performance physique en altitude*», confirme Jean-Paul Richalet, professeur de physiologie à l'université Paris 13 et spécialiste de la haute altitude. Il a lui-même participé à de nombreuses expéditions dans les Andes et en Himalaya depuis les années 1980. «*Ils ont été les premiers à montrer qu'il y avait une baisse très sensible de cette performance physique: il y a moins d'oxygène dans l'air, donc il y a moins d'oxygène qui arrive dans les muscles et, forcément, nos muscles ne peuvent pas produire autant d'énergie qu'au niveau de la mer*», explique le professeur. En poursuivant leurs expériences jusqu'à 7 400 mètres sur les pentes du Makalu, les cobayes ont aussi constaté que le rythme cardiaque maximal tend à diminuer à mesure qu'augmente l'altitude. «*Quand on fait un effort maximal au niveau de la mer, notre cœur peut aller, par exemple, jusqu'à 180 pulsations par minute,* souligne Jean-Paul Richalet. *Ils ont observé qu'à 7 400 mètres le cœur était "bloqué" à 140 pulsations par minute: c'était une première découverte majeure, même s'ils n'en connaissaient pas le mécanisme.*»

La science c'est bien beau, mais Mike Gill et les autres cobayes sont des grimpeurs avant tout. Alors un beau jour, ils ne peuvent résister à la tentation de délaisser le vélo d'appartement de la *Silver Hut* pour se lancer à l'assaut de la formidable pyramide élancée de l'Ama Dablam. Parfaitement acclimatés grâce à leur villégiature à la cabane d'argent, et malgré les énormes quantités de neige sur l'arête, ils parviennent au sommet le 13 mars 1961. C'est la première ascension de cette montagne qui depuis, du haut de ses 6 812 mètres, est devenue l'une des plus célèbres du Népal. Mais en 1961, il y a un problème: nos alpinistes de laboratoire ont réalisé leur ascension sans aucune autorisation. Piquées au vif, les autorités népalaises prient donc les membres de l'expédition de rentrer chez eux !

Il faut tout le talent diplomatique d'Hillary pour arranger les choses et, moyennant le paiement d'une amende, le Néo-Zélandais et son équipe peuvent se diriger vers le troisième objectif de l'expédition, après la chasse au yéti et le séjour à la cabane d'argent: l'ascension du Makalu sans oxygène. L'effort est extrême et l'un des grimpeurs frôle la mort à cause d'un œdème pulmonaire. Sir Edmund Hillary, revenu de sa tournée mondiale avec le scalp, est lui-même victime d'un accident vasculaire cérébral vers 6 400 mètres d'altitude. Le vétéran de l'Everest s'en remet vite et sans dommage, mais pour lui l'aventure est terminée et il ne remettra plus jamais les pieds en haute altitude. Quant aux autres membres de l'expédition comme Mike Gill, ils font demi-tour un peu au-dessus de 8 300 mètres.

*

Certes, l'expédition n'a pas atteint le sommet du Makalu, pas plus qu'elle n'a rapporté de preuve de l'existence de l'homme des neiges, mais la *Silver Hut Expedition* restera tout de même une référence. «*Dans mes cours à l'université, j'utilise encore des graphiques qui proviennent de cette expédition*», sourit Jean-Paul Richalet qui rappelle aussi que Mike Gill et ses compagnons ont longtemps détenu le record mondial d'altitude pour un test d'effort. Sur les flancs du Makalu, ils avaient monté le vélo d'appartement jusqu'à... 7 440 mètres ! Et le professeur de citer encore les observations qui montraient déjà en 1961 qu'au-dessus d'une certaine altitude il devenait impossible d'augmenter sa fréquence respiratoire. «*Ce sont des données qu'on utilise encore maintenant. Surtout, ce qu'a fait la* Silver Hut, *c'est qu'elle a stimulé d'autres expéditions.*»

Avant de leur emprunter le scalp pour sa tournée mondiale, Edmund Hillary avait conclu un accord avec les moines de Khumjung. « *Ils ont écrit dans l'accord que Ed devrait payer une petite somme d'argent, environ 500 dollars,* se souvient Mike Gill. *Mais il était aussi stipulé : vous construirez une école dans le village de Khumjung et vous emploierez un professeur pour qu'il enseigne aux enfants.* » Sir Edmund Hillary a tenu sa promesse, et il est même allé au-delà en soutenant la construction de 42 écoles et hôpitaux dans l'un des pays les plus pauvres au monde via sa fondation, l'Himalayan Trust. La première de ces écoles, c'était donc celle de Khumjung en 1961. Depuis, le scalp est retourné au monastère et la cabane d'argent a été démontée puis envoyée dans un musée. Au final, la *Silver Hut Expedition* aura permis de faire avancer la science et l'éducation au Népal. Et on pardonnera bien volontiers à Sir Edmund Hillary d'avoir fait diversion avec cette histoire de vrai faux scalp de yéti.

3

Un pas dans le vide pour l'histoire

En ce mois de juillet 1984, deux destins se croisent sur le « mur des Troll » – le *Trollveggen,* en Norvège. À vrai dire, ils ont bien failli se percuter. L'été, les randonneurs se pressent au sommet de cette falaise des Alpes de Romsdal pour profiter d'une vue plongeante sur le fjord. Les alpinistes aussi en ont fait leur terrain de jeu : avec plus de 1 000 mètres d'à-pic, le Trollveggen est l'une des parois les plus hautes d'Europe. Erich Beaud grimpe au beau milieu de cette immense face. À 24 ans, ce jeune homme qui suit des études de chirurgien-dentiste – le détail a son importance – est aussi un alpiniste confirmé. Ce jour-là d'ailleurs, avec son compagnon de cordée, il tente d'ouvrir un nouvel itinéraire sur le Troll. Mais la partie est plus difficile que prévu : le rocher se révèle de piètre qualité et détrempé. En tête, Erich Beaud plante des pitons pour franchir un énorme surplomb. « *On était engagés dans des longueurs vraiment difficiles, ça ne se passait pas très bien,* se souvient-il. *On était en train de pitonner des surplombs tout pourris, épouvantables, il n'y avait pas grand-chose qui tenait. Et puis tout à coup, il y a eu un bruit de chute de pierres ! Alors on se colle contre le rocher, sans savoir très bien où ça va tomber. Et puis ce bruit de chute de pierres, au lieu de s'amplifier, il s'est arrêté. J'ai sorti la tête pour voir ce qu'il se passait et j'ai vu passer un gars qui hurlait de joie sous une voile. Ce que j'avais pris pour une chute de pierres c'était en fait l'ouverture d'un parachute ! Ça m'a totalement fasciné.*

C'était pour moi une des plus belles images de sport aventure qu'on pouvait imaginer à l'époque, et là instantanément je me suis dit: "Il faut que je fasse ça un jour." Tout est parti de là.»

C'est un peu comme si Erich Beaud venait de croiser un extraterrestre. Dans cette histoire, les petits hommes verts ne sont pas Martiens mais Américains: c'est la bande à Carl Boenish, des parachutistes venus en Norvège pour battre le record du monde du plus grand saut de falaise. Une équipe de télévision de la chaîne ABC les accompagne. Carl Boenish est un personnage charismatique qui fédère autour de lui un aréopage de joyeux lurons qui sont aussi et surtout des parachutistes de l'extrême, prêts à s'élancer d'à peu près n'importe où. Dès 1978, cette troupe de trompe-la-mort jette son dévolu sur la mythique falaise d'El Capitan dans le parc californien du Yosemite. El Cap, c'est le temple de l'escalade aux États-Unis: un immense mur vertical de près d'un kilomètre de haut. Pour être tout à fait juste, Carl Boenish et ses amis n'ont pas été les premiers à sauter en parachute depuis des montagnes. Le véritable précurseur dans ce domaine s'appelait Felbermayer: en 1965, ce parachutiste autrichien s'était élancé du haut de la Cima Piccola di Lavaredo (2 857 m) dans les Dolomites. Felbermayer se prénommait Erich, avec un «h» comme Erich Beaud, et il était... dentiste, lui aussi. Mais la comparaison s'arrête ici puisque l'Autrichien n'explora pas davantage la discipline qu'il venait pourtant d'inventer.

Les vrais développeurs, ce sont bien les Américains – Carl Boenish et sa bande. Sur les falaises du Yosemite, ils enchaînent les sauts et multiplient les excentricités que Carl Boenish filme avec sa petite caméra. Sur ses images, on voit les parachutistes prendre leur élan, tantôt perchés sur des échasses, tantôt sur un bâton sauteur... ou encore en skate-board ! Mais les rangers californiens, garants de l'ordre à l'intérieur du parc, sont peu sensibles aux arts du cirque et les amendes s'accumulent.

Toujours dans la plus stricte illégalité, ces amateurs de sensations fortes sautent depuis une antenne de télévision haute de 300 mètres ; puis depuis le sommet d'un immeuble en construction à Houston, au Texas. On est en 1981, et Boenish théorise les contours de cette nouvelle pratique que l'on appelle désormais le « base jump ». Base est l'acronyme de *Buildings, Span bridges, Antennas, Earth cliffs*. Il s'agit donc de sauter en parachute non plus d'un avion ou d'un hélicoptère mais depuis des points fixes : immeubles, ponts, antennes ou falaises.

Après avoir réalisé le saut de falaise le plus court (150 m seulement !), les Américains s'attaquent en 1984 au record inverse, celui du saut le plus long, et choisissent la paroi du Trollveggen : 1 500 mètres de dénivelé séparent le sommet de l'aire d'atterrissage. Personne n'avait encore jamais réalisé un tel saut. Après un repérage minutieux, l'équipe retient le col de Bruraskaret comme « exit » – c'est-à-dire l'endroit d'où l'on s'élance. Le test consiste à jeter une pierre pour s'assurer qu'elle ne percute pas la paroi et calculer le temps de chute libre disponible. Tous les voyants sont au vert : Carl Boenish saute dans le vide avec pour seul viatique une petite toile de parachute. Après quelques secondes, il ouvre sa voile et se pose dans la vallée, sans encombre ! L'Américain répète le saut à plusieurs reprises. Il est prêt pour le saut « officiel », devant les caméras de télévision de la chaîne ABC, pour l'émission « The Guinness Book of World Records ». Cette fois, il s'élance avec sa femme Jean – elle aussi est une parachutiste aguerrie. Le couple volant fait une démonstration ! À l'atterrissage, Carl exulte devant les journalistes : « *Voir la paroi qui défile à toute allure, c'est dément !* »

Les images sont dans la boîte, l'exploit est validé par le *Guinness Book* : les caméras d'ABC repartent, et l'équipe de parachutistes s'apprête à faire de même. Le soir, alors que le soleil de minuit continue à illuminer la vallée, le couple Boenish peine à trouver le sommeil dans sa chambre d'hôtel. Carl se lève très tôt: il a décidé de faire un dernier saut. Il remonte alors au Troll, accompagné de deux jeunes Norvégiens rencontrés quelques heures plus tôt. Mais au lieu de s'élancer du col de Bruraskaret, il choisit le pic Staben, situé à côté du Trollveggen. Après avoir effectué le test de la pierre, Carl Boenish se tourne vers ses deux jeunes compagnons. Il leur montre son parachute: *« C'est mon ange gardien »*, leur dit-il. Ce 7 juillet 1984, il saute dans le vide pour la dernière fois. Quelques secondes plus tard, Boenish ouvre sa voile, mais il est ramené vers la paroi, qu'il heurte violemment. Son parachute s'arrête plusieurs centaines de mètres plus bas, sur la neige. Carl Boenish meurt sur le coup. Il a 43 ans.

*

Erich Beaud n'aura donc croisé ce pionnier qu'une seule fraction de seconde, sur la falaise du Troll, peu de temps avant sa mort. Mais l'alpiniste français reste marqué par cette vision fascinante des hommes volants. L'année suivante, en 1985, il se gèle une main en redescendant d'une tentative au Makalu, l'un des 14 sommets de plus de 8 000 mètres. Or sa main, Erich Beaud en a absolument besoin, lui qui termine ses études de chirurgien-dentiste. C'est le second déclic: le jeune homme tourne la page de l'alpinisme pour faire comme les Américains, c'est-à-dire sauter depuis les falaises. Mais on ne s'improvise pas *base jumper* du jour au lendemain. Et Beaud n'est pas du tout suicidaire; il veut d'abord apprendre. Alors avec un ami, il se présente au club de parachutisme de La Ferté-Gaucher près de Paris. Naïfs, les deux compères déclarent vouloir se familiariser avec les techniques de saut pour pouvoir ensuite s'élancer des montagnes... On imagine la tête de l'instructeur. À l'époque, en effet, le base jump est totalement inconnu en France, et la demande des deux jeunes aspirants parachutistes semble parfaitement incongrue.

L'accueil est glacial. Erich Beaud comprend qu'il va devoir faire profil bas et ne pas trop afficher ses intentions. Il commence son apprentissage de parachutiste de façon classique, accumulant les sauts depuis un avion. Deux ans plus tard, en 1987, il fait sa première expérience de base jump en sautant depuis un pont autoroutier en Allemagne. Pour mettre toutes les chances de son côté, Erich Beaud a bricolé son parachute : il a retiré le « glisseur » – un anneau qui coulisse le long des suspentes et amortit le choc lors de l'ouverture du parachute. Sans ce glisseur, la voile s'ouvre plus rapidement : l'inconvénient c'est que, si on attend trop, tout explose, le parachute se désintègre. Heureusement, rien de tout cela ne se produit. Une fois le test du pont validé, le dentiste saute depuis le haut du barrage de Mauvoisin, dans le Valais suisse.

À l'été 1989, le matériel est au point, le bonhomme aussi : le jeune homme s'apprête à tenter le grand saut dans l'inconnu. « *Je vérifie tout, je vérifie mes parachutes – j'en avais trois, c'est dire si j'étais optimiste,* se souvient-il : *deux parachutes dans le dos comme pour un saut d'avion et un parachute ventral de secours.* » Pour ce tout premier saut depuis une falaise, ce natif de Haute-Savoie a choisi une montagne qu'il connaît bien : le Marteau, dans la chaîne des Fiz. L'altitude est certes modeste – à peine 2 300 mètres –, mais le sommet présente une gigantesque avancée semblable de loin à une tête de marteau. Au moins ne risque-t-il pas de heurter la paroi en sautant. Que va-t-il se passer ? Comment appréhender ce premier saut ? Personne ne lui a montré, expliqué. Il a appris seul. Et maintenant il s'apprête à faire un premier essai. Un essai ? Non, ce n'est pas essai puisque l'erreur n'est pas permise. Ce 29 juillet 1989, le temps se fige. Trente et un ans plus tard, en plein confinement, j'ai appelé Erich Beaud au téléphone. Je lui ai demandé de fermer les yeux et me raconter ce premier saut :

« *Je suis en équilibre sur mes deux pieds, sur une minuscule vire, les orteils déjà un peu dans le vide. Et puis à un moment, on décide de lancer l'impulsion : là, je plie légèrement les genoux, comme à la piscine, tout simplement, sur le plongeoir de 5 mètres ! On pousse légèrement et puis on part ! Et là, il y a cette fraction de seconde absolument extraordinaire où les pieds sont encore en contact avec la marche, avec le rocher, et où le corps a déjà commencé à basculer. On est au point de non-retour, on ne peut plus revenir en arrière... Et puis ça part ! Dans mon souvenir, cette chute est très très longue; en réalité elle est très très courte, trois secondes maximum. Mais dans la sensation qu'on en a, elle est interminable. Et puis au bout de ces trois secondes et ces quelques dizaines de mètres – ce n'est pas beaucoup pour ce premier saut –, j'envoie l'extracteur. L'extracteur est un tout petit parachute qui permet d'ouvrir le sac et de tirer la voile principale. Là, il y a cet autre moment extraordinaire où on a tiré l'extracteur, mais il ne se passe rien : on continue à chuter. Ça s'accélère même – les lois de la physique sont incontournables ! Et tout d'un coup, il y a un gros choc, celui de l'ouverture de la voile. Un choc d'autant plus fort que j'avais retiré tous les systèmes de temporisation habituels pour que la voile s'ouvre très vite. Je lève la tête, je contrôle : je vois que la voile est gonflée, je me jette sur les commandes et je hurle de joie ! Quelques dizaines de secondes de vol et c'est le posé à Ayères, tout en bas, tranquille. Là, on ramasse la voile, on se retourne et on se dit : "Waouh, quand même !"* »

*

Erich Beaud vient de réaliser le tout premier saut depuis une falaise en France. L'exploit fait peu de bruit. Ce n'est pas encore l'heure des réseaux sociaux et, surtout, son auteur préfère rester discret sur cette pratique déjà controversée. *Pour sauter heureux, sautons cachés*, pourrait-on dire. Fort de cette première expérience, Erich Beaud va, durant des années, écumer d'abord les falaises de la Haute-Savoie, puis celles du Vercors et des gorges du Verdon. Il pousse jusqu'aux Dolomites, haut lieu de l'escalade acrobatique :

Cima Grande, Civetta, Torre Trieste… Il s'essaie même au saut relatif depuis une falaise, c'est-à-dire un saut à plusieurs où l'on réalise des figures. Car désormais Erich Beaud n'est plus seul, même si les pratiquants se comptent sur les doigts de la main. L'alpiniste, skieur de l'extrême et parapentiste Jean-Marc Boivin – génial touche-à-tout – se lance à son tour, quelques mois seulement après le saut du Marteau. À la fin de l'année 1989, le Dijonnais s'élance de la face est du Grand Capucin, à 3 800 mètres d'altitude. Un nouveau cap est franchi. Malheureusement, Jean-Marc Boivin se tue quelques mois plus tard au Salto Ángel (Venezuela) en marge d'un tournage pour l'émission « Ushuaïa ». Le base jump fait sa première victime française…

Boivin s'était tout de suite tourné vers la haute montagne. En 1991, Dominique Gleizes, alpiniste au Groupe militaire de haute montagne, saute depuis une paroi mythique, la face ouest des Drus dans le massif du Mont-Blanc. S'il est tentant de vouloir s'élancer de plus en plus haut, les massifs d'altitude posent un sérieux problème aux *base jumpers*: les parois de granit sont rarement assez verticales pour autoriser un saut. Le parachutiste heurterait la falaise avant d'avoir eu le temps d'ouvrir sa voile. À l'inverse, les parois calcaires de moyenne montagne présentent souvent d'énormes surplombs où il est plus facile de s'élancer. L'arrivée de la *wingsuit* va bientôt changer la donne. Transformé en écureuil volant, le *base jumper* peut presque voler. Dans la réalité, il continue de tomber mais, pour un mètre de chute verticale, il en gagne deux sur le plan horizontal; c'est ce que les spécialistes appellent la « finesse ». De quoi s'éloigner plus rapidement de la paroi et prolonger le temps de vol. Le champ des possibles s'élargit soudainement.

En 2007, Sam Beaugey saute depuis un exit à près de 6 000 mètres d'altitude, près du sommet de la chaîne de Trango, au Pakistan, après deux semaines d'escalade artificielle difficile.

Dans les Alpes, les *paralpinistes* se lancent dans une conquête des plus beaux sommets… dans le sens de la descente ! Le Français François Gouy est assez représentatif de cette génération très active au début des années 2010: avec quelques amis, il réalise quantité de premières sur des sommets emblématiques comme le Râteau et l'aiguille Dibona dans les Écrins, la face sud de la Dent du Géant et la face nord des Grandes Jorasses dans le massif du Mont-Blanc. «*Je suis arrivé à un moment où les planètes se sont alignées*, analyse-t-il aujourd'hui. *Les wingsuits ont fait un sacré bond en avant en termes de finesse, et on trouvait tout sur internet: la cartographie numérique, les vues satellites, les photos… Tout cela permettait de faire de l'exploration à la maison et d'être certain quasiment à 90 % que ça saute quelque part… sans jamais y avoir mis les pieds. Il n'y avait plus qu'à se baisser pour ramasser les sommets classiques, c'est-à-dire les voies normales.*»

*

Entre 1850 et 1865, les pionniers de l'alpinisme ont escaladé tous les plus hauts sommets des Alpes, et voici que cent cinquante ans plus tard ces parachutistes en *wingsuit* revisitent les montagnes à leur manière, avec une grande créativité. En 2014, François Gouy et Bertrand Givois s'élancent depuis les arêtes de la Meije pour faire le tour – ou presque – de la montagne en volant ! «*J'appelle ça des sauts en colimaçon*, s'amuse François Gouy. *Ce qui est génial c'est les changements de vallée, les passages d'arêtes. Le saut de la Meije en faisant le tour, c'est un de ceux qui m'a le plus marqué.*» Après être montés au sommet, les deux hommes poursuivent jusqu'à la Dent Zsigmondy, à près de 4 000 mètres d'altitude, d'où ils s'élancent. «*On saute et on vole le long de la face sud, au-dessus du glacier Carré, on passe la brèche de la Meije et après on file vers la face nord, la voie du Z, on descend tous les glaciers et on va se poser à la Grave. Ça… c'est exceptionnel !*» L'année suivante en 2015, un autre Grenoblois, Maël Baguet, s'attaque à la face sud du Fou dans le massif du Mont-Blanc. Là encore, il s'agit d'un monument de l'alpinisme. Lui et ses compagnons choisissent de la gravir par une voie complexe, *Balade au clair de lune*, ouverte par Jean-Marc Boivin. « *C'était déjà un voyage de trois jours avec des nuits en portaledge*, se souvient Maël Baguet. *Il fallait que j'arrive au sommet sans être trop fatigué, et une fois en haut : pas de vent, les conditions qu'il faut, les amis qui sont là... c'était une conjonction des astres ! C'était incroyable.* » Maël Baguet aura un petit pincement au cœur au moment de sauter, seul, laissant ses camarades au sommet avec le matériel et plusieurs heures de descente devant eux. Lui se pose quelques secondes plus tard sur la Mer de Glace. Cette face sud du Fou, le pionnier Erich Beaud en avait rêvé. Il n'a pas eu l'occasion d'y inscrire son nom, mais d'autres ont pris le relais.

Depuis, le base jump a définitivement pris son envol. Certains ont péri de leur passion. Fin février 2024, on dénombrait dans le monde 474 accidents mortels depuis 1981, tous répertoriés et décrits à des fins pédagogiques dans la Base Fatality List. D'autres ont remisé le parachute au placard. François Gouy et Maël Baguet ont arrêté, tout comme Erich Beaud. C'était en 2014 après environ... 2 000 sauts de falaise. « *Parfois je vois des sauts et je me dis : "Comme j'aurais aimé l'ouvrir celui-là !" Mais bon... on ne peut pas tout faire, ce n'est pas possible ! Et puis bon... j'en ai quand même fait un petit peu donc je n'ai pas le droit de me plaindre*, sourit le retraité du base jump. *Je garde le plaisir de toutes ces années et puis la sensation... non, la certitude d'avoir vécu une époque extraordinaire. Je me suis retrouvé devant une page vierge et blanche, et il a fallu écrire toute l'histoire. Ça a été un âge d'or. Avoir la chance de le vivre a été fabuleux, totalement fabuleux !* »

4

La cordillère, l'ange et la bête

Sur le petit terrain d'aviation de Santiago du Chili, un mécanicien s'affaire sur un Potez 25. Le monomoteur de 450 chevaux, conçu à l'origine pour faire la guerre, ne transporte pas de bombes, mais du courrier pour l'Aéropostale. Ce matin du 13 juin 1930, le pilote prend place dans le petit cockpit. Henri Guillaumet, aviateur chevronné, s'apprête à accomplir sa quatre-vingt-douzième traversée des Andes.

Le moteur se met en branle, de la fumée s'en échappe et l'hélice tourne bientôt à plein régime. Le Potez 25 décolle, tourne le dos à la côte pacifique et prend la direction de Mendoza, en Argentine. La météo est capricieuse. Hier déjà, Guillaumet a tenté de se frayer un passage à travers les nuages, mais il a dû rebrousser chemin au bout d'une heure pour regagner son point de départ, le terrain de Colina. L'aviateur repart donc, mais cette fois dans l'idée de tenter sa chance à l'écart de la route habituelle, par le sud. Mendoza ne sera pas la fin du voyage : là-bas, les sacs de courrier seront transbordés dans un Latécoère 26, un monoplan qui les mènera jusqu'au terrain de Pacheco à Buenos Aires, puis au Brésil.

Ainsi se déplacent les sacs en toile, de ville en ville, jusqu'à l'Europe. On peine aujourd'hui à imaginer l'importance primordiale de ce trait d'union entre les continents. Dans ces années 1930, le courrier est presque le seul moyen pour communiquer à travers le monde. Les pays occidentaux se livrent une concurrence féroce. Transporter le courrier est une question de pouvoir et d'influence. Dans les grands sacs de toile, les lettres d'affaires se mélangent quelques jours avec les lettres d'amour pour franchir des montagnes, survoler des continents, et traverser les océans grâce à l'engagement d'une poignée de pilotes dévoués comme Henri Guillaumet. «*Des gens assez exceptionnels: il fallait être inconscients... ou courageux*», souligne avec admiration Gérard Feldzer, chroniqueur à France Info et pilote d'avion. «*Physiquement, il leur fallait lutter contre le froid aussi parce que ces avions étaient à découvert ! Il n'y avait pas de verrières comme dans les avions modernes. On pourrait dire qu'ils volaient en décapotable, la tête à l'air !*»

On imagine les températures en chute libre alors que le zinc s'élève. Moins 20, moins 30 ? Les pilotes avaient un casque et un surmanteau en cuir pour se protéger des assauts du gel. Bien peu de choses en réalité. Et que dire des mains, sans lesquelles on ne peut tenir le manche. Elles aussi devaient souffrir, même avec des gants. «*Il fallait presque des qualités de montagnard*», note Gérard Feldzer. «*On peut les qualifier de héros parce qu'ils affrontaient des éléments qui pouvaient les dépasser,* souligne l'ancien pilote de ligne. *La durée de vie d'un moteur avant qu'il ait une panne mineure ou majeure, ce n'était pas grand-chose: entre 50 et 100 heures. Il fallait y croire vraiment ! Même si le matériel était révisé pratiquement quotidiennement, on ne peut pas dire que la fiabilité était au rendez-vous. Donc oui, à ce niveau-là c'étaient des héros... ou plutôt des aventuriers. Le courrier était à mon avis un prétexte pour faire avancer l'aviation.*» Sans doute avaient-ils en tête l'idée qu'un jour ce ne serait plus des dizaines de sacs postaux que l'on ferait voyager, mais des passagers. «*Ils ne pouvaient pas savoir qu'on transporterait aujourd'hui 4 milliards de passagers par an, mais ils se doutaient bien qu'il y aurait une suite dans la progression*», estime Gérard Feldzer.

Ce matin du 13 juin 1930, Henri Guillaumet, 28 ans, s'agrippe au manche de son Potez 25 ballotté par le vent, et cherche à se frayer un chemin au travers des nuages et entre les montagnes dont certaines dépassent 6 000 mètres d'altitude. Entre deux coups d'œil sur le compas pour garder le cap, il relève la tête et tente de distinguer le relief pour ne pas précipiter son appareil contre une falaise. Soudain, l'avion décroche ! En quelques minutes, Guillaumet perd 3 000 mètres d'altitude, passant de 6 500 à 3 500 mètres. L'aviateur champenois en a vu d'autres, et il réussit à stabiliser son biplan, mais le voilà pris au piège à l'intérieur d'un cirque fermé par des montagnes enneigées désormais infranchissables. Car l'appareil refuse de monter ! Durant deux heures, Henri Guillaumet va tourner en rond, dans cette arène à la recherche d'un col suffisamment bas qui lui permettrait de s'échapper. La jauge de carburant est au plus bas, maintenant le pilote n'a plus le choix: il faut se poser, et vite ! Il repère un lac dont les rives semblent offrir une surface relativement plane. Ce n'est pas la piste d'atterrissage de Colina, mais ça fera peut-être l'affaire... Henri Guillaumet, de toute façon, n'a pas vraiment le choix et engage son approche.

Lorsque le train d'atterrissage du petit monomoteur touche le sol enneigé, les roues se bloquent et l'appareil capote ! Voilà l'oiseau de fer retourné comme une crêpe au bord de la Laguna del Diamante – le lac du diamant. Le pilote est sain et sauf... pour l'instant.

*

Seul à 3 500 mètres d'altitude au beau milieu de la cordillère des Andes, Henri Guillaumet est prisonnier du cirque blanc. Juin, dans l'hémisphère sud, marque le début de l'hiver. Une tempête de neige se lève. L'aviateur n'a d'autre refuge que la carlingue accidentée de son Potez 25. Il y reste deux jours et deux nuits.

Au bout de quarante-huit longues heures, le vent se calme et le ciel se dégage. Grâce à cette accalmie, le naufragé de la cordillère peut entendre le bruit d'un avion qui passe dans le ciel. Vite ! Il se précipite vers son appareil et en sort une fusée de détresse qu'il allume. Trop tard, l'avion s'est éloigné, il ne l'a pas vu.

Henri Guillaumet aurait pu céder au désespoir: que pouvait-il faire, lui l'ange aux ailes brisées ? Le 15 juin, deux jours après son atterrissage forcé, il décide de tenter sa chance à pied, cap à l'est. Sait-il que le village argentin le plus proche se trouve à 60 kilomètres à vol d'oiseau ? Que pour l'atteindre, il lui faudra franchir des cols à plus de 4 000 mètres d'altitude ? Il part dans ses habits d'aviateur, sans corde ni piolet, et sans aucune connaissance en alpinisme. Tout ce qu'il emporte avec lui tient dans une petite valise de survie: une boussole, une lampe, un peu de nourriture – du *corned-beef* en conserve, du lait en poudre –, un petit réchaud à alcool avec des allumettes, et enfin une bouteille de rhum. Avant de se mettre en route, il ramasse un petit caillou au bord du lac. Il le choisit pointu pour pouvoir rayer la peinture du fuselage et, avec ce stylo de fortune, il écrit ces quelques mots: « *N'ayant pas été repéré par l'avion, je pars vers l'est. Adieu à tous. Ma dernière pensée sera pour ma femme.* » Il prend sa valise et se met à marcher dans la neige profonde où il s'enfonce par endroits jusqu'à la taille. On imagine que sa combinaison d'aviateur en cuir se gorge d'eau avant de durcir sous l'effet du froid. La progression est éreintante. Guillaumet s'appuie sur sa valise pour se reposer quelques minutes, puis il repart, marchant de jour comme de nuit. Parfois, il trébuche et dévale la pente. Puis il se remet debout et reprend son ascension.

« *Maintenant je suis seul, il fait froid...* » La voix est celle de Pierre-Yves Chays qui s'est glissé le temps d'un tournage dans la peau de l'aviateur, lorsqu'une petite équipe de télévision est venue en 1983 de Chamonix pour reconstituer son périple: « *Guillaumet est parti d'ici pour sauver sa peau: il lui a fallu marcher cinq jours et cinq nuits sans dormir. Avec un pareil froid... quand on s'endort, on ne se réveille plus.»* À l'image apparaît le cirque de la Laguna del Diamante. «*Il y a des vallées qui sont relativement larges mais qui sont très vite fermées,* se souvient aujourd'hui l'auteur du film, Pierre-Yves Chays. *Ce qui nous a frappés, c'est qu'on empruntait un itinéraire qui nous paraissait viable – viable pour lui, nous on était vraiment dans l'optique de refaire le chemin de Guillaumet. Et puis on arrivait à un cul-de-sac et là il fallait franchir un col, il fallait passer par un passage assez escarpé... Pour nous, les conditions climatiques étaient relativement bonnes, mais il fallait affronter des vents parfois extrêmement forts, en tout cas de plus de 150 ou 160 km/heure ! Donc on imagine quelqu'un dans cette tenue* [d'aviateur], *face à ces conditions climatiques... ça ne devait vraiment pas être facile !*»

Lorsque le désespoir le gagne, Henri Guillaumet pense à Noëlle, sa femme dont il conserve précieusement la photographie dans son portefeuille. Dans le contrat d'assurance-vie que le pilote a souscrit, il est précisé que s'il meurt et que l'on ne retrouve pas son corps, alors le capital ne sera versé à son épouse qu'au bout de quatre ans. Ici, pense-t-il, personne ne pourra repérer sa dépouille. Plus haut, Guillaumet aperçoit un grand rocher plat, bien visible depuis le ciel, pense-t-il. L'aviateur imagine s'y étendre pour attendre la mort. Mais une fois arrivé au rocher, il se ravise: la faucheuse patientera ! Et il reprend sa progression. Le cinquième jour, une énième chute le précipite contre un bloc de granit, alors que sa valise file en bas vers la rivière. Guillaumet a les genoux et les mains en sang. Et que dire de ses pieds ? Gonflés par le gel, les chaussures ne leur offrent plus assez d'espace. Avec un couteau, il entaille le cuir pour relâcher un peu la pression.

L'aviateur est au bout de ses forces. Le lendemain, sixième jour, il trouve enfin un chemin – un vrai chemin, entretenu par le passage des pâtres et de leurs troupeaux. Il suit le sentier, la neige disparaît petit à petit pour laisser place à l'herbe. Bientôt il tombe sur une crotte de mulet et, de l'autre côté de la rivière, il distingue soudain des chèvres. Une bergère qui fait paître ses bêtes l'aperçoit. Guillaumet est sauvé !

L'information se répand comme une traînée de poudre dans toute l'Argentine. Antoine de Saint-Exupéry, son collègue de l'Aéropostale également en poste en Amérique du Sud, est attablé à un restaurant de Mendoza lorsqu'on le prévient de l'incroyable dénouement. Saint-Ex file immédiatement à l'aérodrome et bondit dans un avion avec deux mécaniciens; 45 minutes plus tard, ils ont rejoint le petit village où leur collègue vient d'être recueilli. Quarante-six ans plus tard, l'un des deux mécanos, Jean René Lefebvre, est retourné sur place. « *Nous nous étions posés dans un pré,* raconte-t-il devant la caméra de France 2 qui l'accompagne. *Il y avait Saint-Exupéry, et nous avons couru vers Guillaumet qui s'est jeté dans nos bras, et on s'est embrassés. Tout le monde pleurait comme des gosses, on était contents de se retrouver. Guillaumet avait une figure... les photos le montrent: il était complètement à bout, complètement exténué de fatigue, brûlé par le froid.* »

*

Le reste est entré dans la littérature sous la plume d'Antoine de Saint-Exupéry qui consigne dans *Terre des hommes* les premiers mots de son compagnon: « *Ce que j'ai fait, je te le jure, jamais aucune bête ne l'aurait fait.* » Et il poursuit: « *Cette phrase, la plus noble que je connais, cette phrase qui situe l'homme, qui l'honore, qui rétablit les hiérarchies vraies, me revenait à la mémoire. Tu t'endormais enfin, ta conscience était abolie, mais de ce corps démantelé, fripé, brûlé, elle allait renaître au réveil, et de nouveau le dominer. Le corps, alors, n'est plus qu'un bon outil, le corps n'est plus qu'un serviteur.* »

Henri Guillaumet a échappé de peu à la mort dans cette cordillère des Andes contre laquelle, un peu plus de quatre décennies plus tard, un autre avion vint s'écraser. Les 14 survivants sur 45 passagers et membres d'équipage ne purent survivre qu'en mangeant les corps des victimes du crash. L'appareil venu d'Uruguay avait fait une escale à Mendoza avant de repartir vers Santiago du Chili. Le pilote n'avait pas réussi à franchir la chaîne de montagnes, et il s'était écrasé près de la frontière, 75 kilomètres plus au sud que le Potez de l'aviateur français.

Deux semaines seulement après son sauvetage, Henri Guillaumet était aux commandes d'un avion et il survolait à nouveau les Andes – cette fois sans pépin. Cette traversée, il l'effectuera pas moins de 393 fois au cours de sa carrière. Pour les Argentins, il est « l'Ange de la Cordillère » et, en Patagonie, une aiguille proche du Fitzroy porte aujourd'hui son nom. Guillaumet, issu d'une famille de paysans champenois, ne se départira jamais de sa modestie; lui-même s'est très peu étendu sur sa propre histoire. « *Il répandait la confiance comme une lampe répand la lumière* », disait de lui son ami Saint-Ex. « *Quand on passe la cordillère et quand on voit au loin l'Aconcagua ou les grands sommets à 6 000, 7 000 mètres, on est frappé par l'imagination de ces gens,* souligne, admiratif, l'ancien pilote de ligne Gérard Feldzer. *Quand on fait cette traversée – je l'ai faite des dizaines de fois en 747, en Airbus –, on y pense forcément. On a une pensée émue pour tous ces défricheurs. Henri Guillaumet, on a tendance à vouloir lui ressembler: quelqu'un de sérieux, quelqu'un qui ne prenait pas son vol au hasard, il étudiait les cartes, il étudiait les possibilités, même s'il avait fait un vol plusieurs fois, il s'informait, il partageait les informations avec les autres. C'est finalement la bonne conduite à tenir même pour les avions modernes. Aujourd'hui, il y a toujours un petit peu de Guillaumet dans chaque pilote !* »

Deuxième partie

Les solitaires

5

Catherine Destivelle, la preuve par le Dru

Le poste de radio crachote avant de se caler sur la fréquence de France Inter en ce matin du 3 juillet 1991. «*Seule au-dessus du vide, la championne d'escalade Catherine Destivelle continue sa progression dans le massif du Mont-Blanc,* lance le présentateur du journal de 7 heures. *Elle a choisi de grimper par une nouvelle voie, l'aiguille du Dru, au-dessus de Chamonix.*» En bas, dans la vallée, voilà plusieurs jours déjà que l'on observe à la jumelle la progression d'un petit point jaune perdu dans l'immensité de la face ouest du Petit Dru, une flèche de granit plantée au-dessus de la Mer de Glace et qui culmine à plus de 3 700 mètres d'altitude. La paroi elle-même mesure près de 1 000 mètres de haut. Le petit point jaune accroché à l'obélisque de la vallée de Chamonix fait, lui, très précisément 1 mètre et 63 centimètres. C'est Catherine Destivelle, 30 ans.

Cette paroi très verticale du Dru, tournée vers la ville, aimante le regard. La grimpeuse est partie une dizaine de jours plus tôt, le 23 juin. Ce jour-là, elle prend place à bord du petit train à crémaillère qui relie Chamonix au Montenvers, à un peu plus de 1 900 mètres d'altitude. De là, elle rejoint la Mer de Glace située en contrebas, avant de remonter jusqu'au pied du Petit Dru situé sur l'autre rive du glacier. Quatre amis l'accompagnent, ainsi qu'un caméraman et un photographe. La petite équipe, qui a déposé là tout le matériel nécessaire à l'escalade, installe le bivouac pour la nuit. Demain, Catherine Destivelle s'élancera seule pour tenter l'ascension d'une nouvelle voie. Ce n'est pas la première fois qu'elle vient en ces lieux. Elle avait déjà grimpé cette paroi en solitaire quelques mois plus tôt mais par un itinéraire classique, celui ouvert par l'italien Walter Bonatti en août 1955.

« *Un homme est parti seul depuis trois jours pour tenter de résoudre un des derniers problèmes de l'alpinisme actuel,* annonçait à l'époque la télévision française. *Sacrifiant sa nourriture au matériel, il est parti avec seulement trois jours de vivres. Sans nouvelles de lui, nous essayons désespérément de l'apercevoir dans nos jumelles...* »

*

Trente-six ans plus tard, voilà Catherine Destivelle à son tour seule sur le Dru. « *Pour moi, c'était un des plus beaux morceaux de granit – en France en tout cas. Ça fait presque 1 000 mètres et c'est unique.* » J'ai rencontré Catherine Destivelle dans son chalet des Houches, près de Chamonix. Le Dru, elle le gravit une première fois en solo en 1990. « *Il y a eu un déclic,* raconte-t-elle aujourd'hui, avec une pointe d'amertume. *Quand je suis rentrée dans la vallée, j'ai vu que les journalistes locaux m'avaient comparé à Bonatti ! Ils ont dit: "Voilà, Destivelle a fait cette voie en quatre heures alors que Bonatti avait mis six jours"... La comparaison est un peu stupide à mon sens: il a ouvert ce pilier, personne n'y avait jamais été. Il est parti tout seul et cette ascension n'est pas la même. Lui a créé cet itinéraire, à une autre époque: je trouvais que ça ne se compare pas des ascensions comme ça.* »

De l'incompréhension germe une idée. « *J'étais une bonne grimpeuse en libre, je gagnais des compét', j'étais reconnue pour ça, mais je me suis dit: est-ce que je suis capable d'ouvrir une voie toute seule comme lui il l'a fait ? Ça, je ne le savais pas.* » C'est bien en escalade sportive que Catherine Destivelle s'est d'abord fait un nom, en remportant notamment la toute première compétition en 1985 à Bardonecchia en Italie. Elle a pourtant grandi loin des falaises, en région parisienne. C'est avec le Club alpin, sur les blocs de grès de Fontainebleau que la jeune Catherine a appris la gestuelle de l'escalade. Les rochers de la forêt de Seine-et-Marne ne font que quelques mètres de haut, mais elle rêve de grandes parois alpines. La grimpeuse parisienne ne va pas tarder à s'y aventurer. Elle n'a que 17 ans quand avec Pierre Richard, un autre «bleausard» comme on appelle les grimpeurs de Fontainebleau, elle escalade les faces nord de l'Olan et de l'Ailefroide dans les Écrins. On est bien loin de l'escalade sportive ! L'adolescente s'épanouit en haute montagne. Elle est (très) douée et (très) rapide. La cordée Destivelle-Richard avale en 7 heures seulement la Directe américaine... déjà en face ouest du Petit Dru !

*

24 juin 1991. La voilà donc, plus d'une décennie plus tard, de retour au pied de la montagne. Il est 5 heures du matin et les amis qui l'ont aidée à monter son matériel viennent de repartir en direction de la vallée. Elle est seule désormais avec tout son barda. Quatre-vingts kilos de pitons, de mousquetons et de cordes, sans compter la tente, le duvet, la nourriture... Catherine Destivelle, dans sa combinaison jaune, est à contre-emploi, elle qui affectionne les escalades express. Mais pas question aujourd'hui de partir léger. «*La voie que j'avais imaginée était une voie où j'allais devoir utiliser une technique qu'à l'époque je ne connaissais pas – enfin pas beaucoup,* explique-t-elle. *C'est ce qu'on appelle de l'escalade artificielle.*» Il faut s'imaginer la chose: avec un marteau, on plante la lame d'un piton en acier dans une fissure. On accroche à ce piton une échelle de corde sur laquelle on se hisse délicatement pour aller planter un autre piton, un mètre au-dessus. Et ainsi de suite. Puis tous les 30, 40 mètres, il faut fixer un solide

ancrage sur lequel on attache la corde et on descend récupérer tous les pitons encastrés dans le rocher avant de remonter, lesté de toute cette ferraille. Ensuite ? On recommence, encore et encore. Pendant 1 000 mètres.

Mais revenons à ce premier matin, le 24 juin. Après une première longueur de corde, Catherine Destivelle effectue une traversée sur la gauche pour rejoindre une fissure dans laquelle elle pourra enfoncer un piton. Quinze mètres à l'horizontale sur une paroi presque lisse où elle doit confier son poids à de petits crochets accrochés aux rares aspérités du rocher... Il lui faut deux heures et trente minutes pour franchir ces 15 mètres, tout en délicatesse. La suite heureusement est plus facile, et à 16 heures elle s'arrête. À 20 heures, elle est installée dans sa petite nacelle recouverte d'une toile de tente, accrochée à la paroi. Il ne tarde pas à pleuvoir, et, le lendemain, c'est la grêle qui mitraille la montagne. Catherine Destivelle parvient tout de même à s'élever de 100 mètres. Le 26 juin, au troisième jour de son aventure, le brouillard enveloppe la paroi et c'est sous une pluie fine qu'elle s'agrippe à la longue fissure qu'elle avait repérée à la longue-vue quelques jours plus tôt. De nouveau, la grêle se met à tomber. Le mauvais temps persiste et bientôt la neige s'invite là-haut, comme en plein hiver.

— *Aujourd'hui j'ai dû faire une dizaine de mètres*, annonce-t-elle par radio à son ami Lothar qui suit sa progression depuis la vallée. Le ton est calme.

— *Je te donne quand même la météo: demain c'est moyen, c'est beaucoup de vent. Mais à partir de samedi, dimanche, lundi, mardi: beau temps !*

— *J'espère...*

*

Le dimanche 30 juin, au septième jour d'ascension, le beau temps s'installe enfin... mais il fait un froid de canard ! Et dans une face ouest, le soleil arrive tard. Catherine Destivelle s'élève dans une fissure qui se rétrécit inexorablement. Elle doit y enfoncer des pitons de plus en plus fins, et de moins en moins solides. À 11 heures du matin, le dernier clou planté sort d'un coup de la fissure ; la grimpeuse bascule alors en arrière. En théorie, la corde sur laquelle elle s'est attachée sera retenue par le deuxième piton placé un peu plus bas. Mais en théorie seulement. Ce second clou est arraché par le choc. Les autres suivent : le troisième... le quatrième... le cinquième... le sixième... Tous sautent, comme on arracherait les uns après les autres les boutons d'une chemise. Puis soudain tout s'arrête. Le septième piton a tenu le coup ! Catherine Destivelle a dégringolé d'une douzaine de mètres et se retrouve la tête en bas. Mais par miracle, elle n'a rien de cassé. L'aventure peut continuer.

Le 1er juillet, elle doit contourner une grande arche soutenue par deux piliers. Une fois de plus, elle force le passage en pendulant sur la corde. Mais un sentiment de lassitude commence à la gagner. L'escalade artificielle est un travail fastidieux qui use le moral aussi sûrement que l'organisme.

Le 2 juillet au réveil, ses doigts sont si gonflés qu'elle peut à peine les plier. Lothar, qui lui parle quotidiennement à la radio, donne des nouvelles sur France Inter : « *Elle m'a dit qu'elle en avait un peu marre parce que ça fait déjà le huitième jour dans cette paroi. Elle se sent un peu seule et c'est un gros morceau... Elle doute un peu d'elle.* » La journaliste, Christelle Rebière, le questionne : « *Est-ce que vous pensez qu'elle peut abandonner ?* » Destivelle, jeter l'éponge ? « *Je connais Catherine, elle n'abandonnera pas !* » tranche son compagnon.

Là-haut, pourtant, la situation se complique : sa corde se cisaille sur une écaille tranchante. La gaine est en partie coupée.

Catherine Destivelle fait un nœud pour relier les deux extrémités, et elle reprend sa progression. Le lendemain, au onzième jour, elle se met en route à 6 heures du matin; à midi, elle a gravi une énième fissure – la dernière difficulté ! Maintenant, la paroi devient moins raide et l'itinéraire rejoint le haut du pilier Bonatti qu'elle connaît bien. Le sommet se dresse là, 120 mètres au-dessus. Le terrain est plus facile, mais il se prête assez mal au hissage de son énorme sac qui n'arrête pas de se coincer. Un calvaire: régulièrement, il lui faut redescendre pour le dégager. Sa route, jusqu'ici solitaire, croise enfin celle d'un autre alpiniste. C'est le guide François Damilano, qui sort du pilier Bonatti avec un de ses clients. Deux trajectoires, deux aventures, se télescopent. Damilano est presque gêné de se retrouver là, il ne veut «*pas la déranger*», me confie-t-il. «*Ma préoccupation c'est de ne surtout pas faire éclater sa bulle, et je me dis qu'il ne faut pas que j'intervienne dans son histoire.*»

Trente ans plus tard, elle raconte en riant: « *J'avais mon sac énorme que je n'arrivais plus à tirer. Eux n'osaient pas me proposer de l'aide, moi je n'osais pas leur demander non plus !*»

«*Effectivement, le dialogue n'est pas très franc,* se souvient Damilano. *Mais finalement, on donne un coup de main à Catherine, on va décoincer ce putain de sac pour qu'il sorte au sommet des Drus !*» Elle se souvient: « *J'étais vachement contente qu'ils m'aident, je n'en pouvais plus parce que je n'avais qu'une hâte, c'était retrouver les copains au sommet. Ça faisait onze jours que j'étais là-dedans, ras-le-bol !*» François ramène ce coup de pouce à sa juste place: « *De mon point de vue, c'est très anecdotique par rapport à l'exploit, à la performance que Catherine vient de réaliser. Ça fait onze jours qu'elle est dans la paroi en solitaire, elle a fait un truc de dingue. C'est un vrai exploit sportif, un vrai exploit humain.*»

Alors que le jour décline, un comité d'accueil improbable attend l'alpiniste au sommet, à 3 730 mètres d'altitude. On pousse des cris de joie, on l'embrasse, on la félicite, on lui offre à boire et à manger, puis on improvise un bivouac cinq étoiles alors que 2 500 mètres plus bas s'allument les lumières de Chamonix. La suite est quelque peu surréaliste: le lendemain matin, l'un des sponsors de Catherine Destivelle, patron d'une entreprise de volailles, se fait déposer en hélicoptère sur le sommet ! Vêtu d'un costard cravate et en souliers de ville, il apporte croissants et fraises pour le petit déjeuner. Une caméra est là pour recueillir les premières impressions de la championne: « *Ce qui m'a marquée le plus ? C'est la lenteur avec laquelle on se déplace* », confie-t-elle dans le film *Onze jours dans les Drus* de Gilles Sourice et Bernard Rebatel. « *Par jour, je faisais deux-trois longueurs, pas plus. Je pensais que j'irais plus vite. Je pensais aussi que ce serait plus facile au niveau de l'escalade artificielle* [...]. *J'en ai un peu bavé, parce que c'était dur. Dangereux, non, mais ce n'est pas agréable de tomber plein vide avec tout le barda qu'on a sur le dos, tout seul...* » Et voilà qu'après ce long et beau voyage solitaire, le marchand de volaille lui propose de redescendre dans la vallée... en hélicoptère. « *J'ai accepté.* » Elle s'en mordra les doigts: « *Je me suis sentie faible, je me suis dit "bon quand même j'aurais pu descendre en rappel", qu'est-ce que ça pouvait changer ? C'était trois heures de plus, et alors ? Mais oui: ce n'est pas bien de descendre en hélico, ce n'était pas éthique non plus. Et tout ce ramdam, toute cette histoire me faisait perdre un peu le contrôle de mes décisions.* »

Malgré cet épilogue extravagant, Catherine est allée au bout de son projet et elle a fait preuve d'une ténacité peu commune pour gravir la face ouest des Drus, seule, par un nouvel itinéraire, et dans des conditions météo difficiles. Avec cette ascension, Destivelle fait son entrée dans l'alpinisme de haut niveau, un univers jusque-là presque exclusivement occupé par des hommes. Elle ne voit pas cela comme un aboutissement, mais plutôt comme une étape de sa vie de grimpeuse et d'alpiniste. Presque un passage obligé dans sa carrière, comme une case que l'on coche. «*Je suis teigneuse, du coup je l'ai fait, mais j'avoue que j'en avais marre, c'était toujours la même chose: planter un clou, monter dessus...*» Pourquoi diable y être allée alors ? «*Je voulais savoir. OK, je l'ai fait c'est bon. Et puis les voies en escalade libre étaient déjà faites, les voies logiques ont été gravies. Donc je n'avais pas trop le choix. Je ne veux pas dire que je l'ai regretté mais ça n'était pas loin,* lâche-t-elle dans un rire. *Par contre, cette ascension des Drus m'a permis de me motiver et puis d'avoir l'ambition de devenir davantage une vraie alpiniste. D'ailleurs, j'ai été assez critiquée par quelques guides de la vallée qui disait "elle ne fait que du rocher". Ça m'a un peu vexée et du coup je me suis dit "ils ont raison", et donc j'aimerais devenir une vraie alpiniste. J'ai décidé pour ces raisons de faire les grandes faces nord.*»

«*Un coup de chapeau à la femme-araignée !*» Le présentateur de France Inter entame son journal par l'exploit du jour: « *En solitaire et à mains nues, l'alpiniste Catherine Destivelle a réussi l'escalade de la face nord du mont Eiger, dans les Alpes suisses. Mille huit cents mètres de montée à la force des chevilles et des poignets, malgré la neige poudreuse et les chutes de pierres. Une formidable escalade d'un peu plus de 13 heures qu'elle est la seule femme à avoir accomplie sur l'un des massifs les plus dangereux des Alpes où de nombreux alpinistes ont trouvé la mort. Partie hier matin à 9 heures, Catherine Destivelle est arrivée au sommet hier soir peu après 22 heures. Aujourd'hui, la belle Catherine a retrouvé le plancher des vaches, contente d'avoir réussi, car ça n'a pas été facile !*» Elle le raconte d'ailleurs au téléphone, à peine sortie de la voie: « *J'ai fait le premier tiers de la paroi en me demandant si je n'allais pas faire demi-tour à cause du temps, comme il neigeait. Mais on m'avait dit que ça allait se dégager, donc bon... j'ai un peu parié sur la météo quoi, en me disant "j'espère qu'ils ont dit vrai".*» On lui demande ce que l'Eiger représente pour elle: « *C'est un mythe surtout, il y a eu des histoires tragiques* [...]. *Tout alpiniste a envie de grimper l'Eiger.* » Après cette ascension de mars 1992, plus personne désormais, à commencer par Catherine Destivelle elle-même, ne peut douter qu'elle est une *vraie* alpiniste. Première femme, c'est juste, à grimper l'Eiger l'hiver en solo. Mais premier alpiniste tout court à le faire «à vue», c'est-à-dire sans repérage préalable de la voie et de ses difficultés. Un fait passé un peu inaperçu à l'époque, ce qu'elle regrette. Après l'Eiger, elle escalade les deux autres grandes faces nord mythiques: celle des Grandes Jorasses, dans le massif du Mont-Blanc, puis celle du Cervin, en Suisse. Toujours en hiver et en solitaire. Là encore, elle est la première femme à boucler la trilogie de cette manière. «*Son ouverture d'une nouvelle voie dans la face ouest des Drus qui nécessita onze journées d'ascension en juin 1991, dans des conditions climatiques fort peu de saison, et la trilogie hivernale, et toujours en solitaire, des trois faces nord des Alpes – Grandes Jorasses, Eiger, Cervin – au milieu des années 1990 suffisent à faire taire de façon magistrale les critiques que certains pouvaient encore formuler à son encontre, et à la placer d'emblée à la plus haute marche d'un immatériel podium*», souligne fort justement l'écrivain Philippe Claudel. D'autres ascensions difficiles et engagées suivront et, en 2020 à Ladek en Pologne, Catherine Destivelle reçoit un «piolet d'or» pour l'ensemble de sa carrière – distinction suprême décernée par ses pairs. Quant à la voie Destivelle sur le Petit Dru, elle s'est effondrée en 2005 avec tout un pan de la montagne, victime collatérale du dérèglement climatique. L'alpinisme est un art éphémère. Reste le souvenir de ce petit point jaune se frayant un chemin sur la paroi de granit. Catherine Destivelle, aujourd'hui, trace d'autres lignes. Elle est devenue éditrice.

6

Un film culte

Le samedi 11 décembre 1982 à 17 h 50, l'escalade a déboulé dans la vie des Français. Ce soir-là, les téléspectateurs d'Antenne 2 découvrent avec fascination la silhouette d'un jeune homme de 22 ans qui défie les lois de la pesanteur sur la grande falaise de calcaire de Buoux. Simplement vêtu d'un short et d'un débardeur, la chevelure blonde retenue par un bandeau rouge, il grimpe la paroi verticale avec une aisance déconcertante. Les mouvements sont rythmés, fluides, précis. La musique du début a laissé place aux chants des oiseaux qui peuplent la nature luxuriante du Luberon. On entend aussi le souffle régulier du jeune homme qui se trouve maintenant à 100 mètres du sol. Un détail retient toute l'attention: il n'a pas de corde ! «*Ce qui y est intéressant en solo, c'est le fait que ta vie soit en danger,* commente le grimpeur en voix off. *Ça motive ta concentration. Il y a une notion de peur qui entre en jeu, c'est certain, et ce qui est plaisant c'est d'arriver à la dominer.*» Le phénomène télévisuel s'appelle Patrick Edlinger, et depuis cette soirée d'hiver, il est le visage de l'escalade.

La vie au bout des doigts, ce documentaire diffusé sur Antenne 2, est ce que l'on peut appeler «un film culte». Véritable ode à la liberté, le 26 minutes réalisé par Jean-Paul Janssen est resté jusqu'ici une œuvre inégalée. *La vie au bout des doigts*, c'est d'abord l'histoire d'une rencontre entre un grimpeur et un réalisateur de 20 ans son aîné. Ce cinéaste chevronné s'appelle

Jean-Paul Janssen, et il a commencé sa carrière dans les années 1960 comme caméraman pour l'émission «5 colonnes à la une». En pleine guerre du Vietnam, Janssen filme un prisonnier américain à Hanoï – un certain John McCain, futur candidat malheureux à la présidentielle de 2008... En 1968, le réalisateur participe au tournage du film de Claude Lelouch sur les Jeux olympiques de Grenoble puis réalise de nombreux documentaires, dont un sur le skippeur Éric Tabarly. À la fin des années 1970, alors qu'il passe des vacances dans les Alpes-de-Haute-Provence, Jean-Paul Janssen découvre avec beaucoup d'intérêt les prouesses d'une bande de jeunes grimpeurs qui ont fait des gorges du Verdon leur terrain d'expression favori. Le cinéaste travaille alors avec un jeune assistant, Laurent Chevalier, lui-même réalisateur et grand amateur de montagne et d'escalade. Les deux hommes contactent les grimpeurs du Verdon. Parmi eux, il y a les deux Patrick, deux amis aux cheveux longs, inséparables: Patrick Berhault, le Brun, et Patrick Edlinger, le Blond. Jean-Paul Janssen réalisera trois films pour la célèbre émission «Les Carnets de l'aventure» des années 1980: *Overdon*, tourné dans les gorges du Verdon, *Over-Ice*, consacré à l'escalade sur les cascades de glace, et *Oversand*, filmé dans les montagnes du Hoggar en Algérie.

Dans cette trilogie, Janssen mettra en scène une *bande* de grimpeurs. Dans *La vie au bout des doigts*, il n'y en aura qu'un seul: Patrick Edlinger. Il n'a que 22 ans, et lui qui vit dans un modeste camping-car, sera bientôt connu dans le monde entier. Un jour de septembre 1982, en fin d'après-midi, le Blond conduit donc la petite équipe de télé au pied de l'une de ses falaises favorites, à Buoux, dans les montagnes du Luberon. «*On descendait de la voiture, lui descendait de son camping-car,* se souvient Gilbert Loreaux, le caméraman qui accompagne Jean-Paul Janssen. *Edlinger dit: "je vais vous montrer."*» Après avoir enfilé ses chaussons d'escalade et resserré son bandeau autour de la tête, le grimpeur s'élance en toute décontraction. Il n'a ni baudrier ni corde, aucune assurance. Loreaux, qui ne connaît rien à l'escalade, est ébahi : « *Il grimpait vite, l'animal, je pense qu'il mettait moins d'une heure pour faire la paroi !* » Edlinger parvient rapidement au pied d'un passage déversant que deux grimpeurs s'apprêtent à franchir, encordés. « *Edlinger s'arrête et les laisse monter,* raconte le caméraman. *Un des grimpeurs s'engage et pof, le gars décroche, il tombe ! Nous, on pousse un cri : "La vache !" Le mec était attaché, mais nous on ne se rendait pas vraiment compte de ce qui se passait. Là, les mecs se mettent en retrait et Edlinger s'engage dans le dévers... il passe derrière le gars qui vient de tomber, et nous on se dit : "Il est fou !" On retient notre souffle... et hop, il passe !* » La caméra n'a pas encore commencé à filmer, c'est juste l'échauffement. Gilbert Loreaux n'était absolument pas préparé à ce spectacle ! « *On était vraiment paniqués à l'idée d'être en train de tourner... et qu'il tombe. Pour nous, c'était sidérant !* »

*

Après cette rapide démonstration d'escalade à 120 mètres du sol, l'équipe se met en place : Janssen le réalisateur reste au pied de la paroi et filme le grimpeur au téléobjectif. Éric Millot, son assistant, est à ses côtés, et Bruno Lejean s'occupe de la prise de son. Gilbert Loreaux, lui, s'installe sur une vire en bordure de la falaise, pour filmer le grimpeur sous un autre angle. Les jours suivants, Patrick Edlinger refera trois ou quatre ascensions en solo intégral pour les besoins du film. Les caméramans utiliseront quatorze boîtes de pellicules 16 mm se souvient Éric Millot ; soit exactement 2 heures et 41 minutes de rushes. Le mouvement est filmé dans sa continuité, sans artifice ; on ne voit que le grimpeur, et le vide. « *Un moment dans le film, il y a une paroi qui est vraiment verticale, qui nous paraît insurmontable, et moi je propose qu'on fasse descendre des bouts* », se souvient Gilbert Loreaux, plus à l'aise avec le vocabulaire du marin qu'avec celui de l'alpiniste. Lui imagine installer une corde «*pour qu'on puisse en cas de pépin balancer quelque chose à Edlinger, qu'il puisse s'y accrocher… enfin qu'on ait une petite sécurité ! Edlinger n'a jamais voulu. Il a dit "non, ça va me perturber et de toute façon, les gars, ne vous inquiétez pas: il n'y a pas de risque !". Il jouait sa vie, mais il voulait la jouer à fond, il ne voulait pas bidonner. Ça passe ou ça casse ! De toute façon, il était sûr de lui.*»

Après Buoux, l'équipe se rend à La Piade près de Toulon, là où Patrick Edlinger a grandi. Il grimpe toujours en solo, mais cette fois au ras des vagues, sur les rochers qui bordent la Méditerranée. Voilà: le film est en boîte, Jean-Paul Janssen peut repartir à Paris, bobines sous le bras, pour boucler le montage. L'histoire est toute simple: le documentaire commence sur les falaises maritimes de la Piade où le grimpeur répète sa gestuelle sur fond de musique électronique. On le voit ensuite à l'entraînement: il court, fait le grand écart, marche en équilibre sur une chaîne avant d'exécuter des tractions sur un seul doigt… l'auriculaire. Puis vient la séquence de Buoux où Edlinger grimpe seul au beau milieu de l'immense paroi jusqu'à la scène finale où il s'arrête sous l'énorme surplomb de la voie baptisée *DSF*. Lentement, il se redresse tend les bras et saisit à deux mains le rebord supérieur du surplomb avant de laisser pendre ses pieds dans le vide. Alors, toujours avec le même sang-froid, il lâche la main droite pour l'enfouir dans le petit sac de magnésie qu'il porte à la taille. Puis il saisit à nouveau la prise, et monte son pied gauche au niveau des mains. Deux secondes plus tard, il est au-dessus du toit. Le documentaire de 26 minutes est diffusé pour la première fois le 11 décembre 1982 dans l'émission de Pierre-François Degeorges, «Les Carnets de l'aventure» sur Antenne 2. La vie simple et discrète de Patrick Edlinger va s'en trouver quelque peu chamboulée.

L'Ange blond, comme on le surnomme parfois, fait la couverture des magazines, court les plateaux de télé et les programmes de radio comme ici en 1983 au micro de Geneviève Ladouès dans une émission de France Culture, enregistrée au pied des blocs de grès de la forêt de Fontainebleau:

— Le solo, qu'est-ce que ça vous apporte précisément d'être tout seul et, apparemment, en tout cas pour les profanes, d'être totalement désarmé ? Vous n'avez que vos pieds et vos mains...

— Ce qui m'attire à faire du solo, c'est une meilleure connaissance de moi, c'est de rentrer dans la zone de peur tout en gardant une marge de sécurité par rapport à la peur, à la mort. Et éliminer ce que j'appelle la peur parasite, qui est en fait une peur injustifiée inculquée par la famille ou autre chose. Et je pense que par l'escalade, on peut justement vaincre cette peur. C'est ce qui nous empêche de faire beaucoup de choses en règle générale dans la vie, d'avoir cette peur-là. Et de pouvoir l'éliminer, je pense que c'est bien.

— Pendant que nous sommes en train de parler, vous n'arrêtez pas de toucher ce rocher, de le tâter du bout des doigts !

— J'ai envie de monter dessus !

*

Patrick Edlinger est devenu un personnage familier du grand public. En 1984, il fait même partie des «Français de l'année» élus par les lecteurs de *Paris Match*. La photo de classe, prise à l'opéra Garnier, ne manque pas de sel: Edlinger pose aux côtés de Sophie Marceau, Gérard Depardieu ou Laurent Fabius ! Eux sont en tenue de soirée, lui en jean, perfecto et santiags !

Si le film *La vie au bout des doigts* a eu autant de succès, ce n'est pas seulement grâce aux images, c'est aussi grâce à cette voix off, enregistrée par Bruno Lejean et présente tout au long du documentaire. Cette voix calme et posée, c'est celle de Patrick Edlinger: il évoque sa pratique du solo, la discipline de vie à laquelle il s'astreint, mais aussi sa proximité avec la nature. Le grimpeur y prône une sorte de frugalité heureuse, faite de plaisirs simples dans une sorte de manifeste écolo avant l'heure. «*Un sandwich, un verre d'eau*», c'est tout ce qu'il lui faut à notre héros.

Ce discours qui accompagne le téléspectateur, c'est aussi ce qui en fait une œuvre d'exception pour Bernard Germain, guide, réalisateur et auteur du *Dico Vertigo, le dictionnaire de la montagne au cinéma.* Grâce au texte, «*on fait appel à l'intelligence du spectateur et pas seulement à son stress, pas seulement à son voyeurisme. On fait appel à son désir de savoir comment il est possible d'arriver à une telle maîtrise. Je crois que c'est la qualité et la force du film... que je défends bien longtemps après !*». Bernard Germain voit aussi dans *La vie au bout des doigts* l'influence du cinéma américain, et il rappelle que le réalisateur Jean-Paul Janssen avait été opérateur sur le tournage du film *La descente infernale* (1969) avec Robert Redford. «*Comme les héros de western, on dirait que son héros Edlinger, c'est quelqu'un qui vient de nulle part: on ne sait rien sur lui,* fait remarquer Bernard Germain. *Dans ce film de 26 minutes, on ne nous raconte pas son histoire, on ne nous dit pas d'où il vient, on ne sait pas où il va... Simplement, il est en train de vivre quelque chose de fort où c'est sa vie qui est mise en jeu. C'est exactement ce que sont les héros de western.*» Edlinger serait donc un «*poor lonesome cow-boy*».

«*Je me dis que dans cinquante ans, quelqu'un tombera sur ce film et aura ce même étonnement que nous avons eu.*» Lorsque le journaliste et écrivain Jean-Michel Asselin évoque le souvenir de son ami Patrick Edlinger, son regard bleu s'illumine. «*Aujourd'hui, bien sûr qu'il y a des gens qui font mieux, on est bien d'accord: il y a des hommes, des femmes très jeunes et qui sont bien plus doués que Patrick Edlinger,* explique-t-il. *Mais au moment où lui faisait ça, ils n'étaient que deux avec Patrick Berhault. Ce n'est pas simplement parce qu'ils étaient très forts, mais c'est parce qu'ils étaient très beaux: très beaux dans leurs gestes, très beaux dans la fluidité, très beaux dans la chorégraphie qu'ils exécutaient sur le rocher.*

Le style d'Edlinger est inimitable. Berhault admirait Noureev – j'imagine qu'Edlinger l'admirait aussi. Ils ont été vraiment comme des danseurs, mais des danseurs intuitifs. Ils ont vraiment tout inventé, c'est ça qui est génial. Ce sont des gens qui ont inventé l'escalade. Moi je le crois !» Les deux grimpeurs n'étaient pas tout à fait seuls au moment où l'escalade a émergé et s'est affranchie de la tutelle de l'alpinisme. Les frères Jean-Marc et Stéphane Troussier, «Pschitt» (Jacques Perrier), «La Mouche» (Jean-Pierre Bouvier), l'Américain Toni Yaniro et un peu plus tard les frères Antoine et Marc Le Ménestrel – pour ne citer qu'eux – ont largement contribué au développement de la discipline au plus haut niveau. Il est vrai aussi que les deux Patrick ont incarné ce mouvement aux yeux du grand public, notamment au travers de leurs apparitions sur le petit écran – Berhault dans les films de Laurent Chevalier, Edlinger dans ceux de Janssen.

*

Le réalisateur Jean-Paul Janssen, au fil des documentaires qu'il consacre à l'escalade, réussit à mettre en valeur cette gestuelle. Après *La vie au bout des doigts,* diffusé dans 25 pays, il réalise un autre film avec Patrick Edlinger alors que les deux hommes sont désormais devenus très proches. Cette fois, le dispositif est un peu plus complexe: on installe sur la falaise du Verdon une armature métallique en forme de V pour permettre au caméraman attaché à la corde de s'éloigner de la paroi, et prendre ainsi du recul par rapport à son sujet, en l'occurrence le grimpeur. Celui-ci est filmé sous un angle inédit, de quoi donner le vertige au téléspectateur ! Cette fois, le personnage principal est encordé, mais à la fin du film et alors qu'il se trouve en plein milieu de la paroi, Edlinger enlève non seulement son baudrier, auquel est attachée la corde, mais également ses chaussons d'escalade ! Après l'escalade à mains nues, voici... l'escalade pieds nus ! Dépouillé de tout le superflu, le grimpeur termine son ascension sur une musique de Bach. Le film s'intitule *Opéra Vertical,* et lui aussi est un succès.

Janssen disparaît prématurément en 1986. C'est grâce à lui que Patrick Edlinger est devenu une icône de l'escalade. Edlinger jouit désormais d'une certaine notoriété et les contrats avec les sponsors lui permettent de vivre de sa passion. À la fin des années 1980, il est au sommet de son art. Quelque temps plus tard, il quitte le devant de la scène. On le revoit en l'an 2000, avec son ami de toujours, Patrick Berhault, dans une traversée des Alpes. Berhault trouve la mort quatre ans plus tard en tentant l'enchaînement des 82 sommets de 4 000 mètres des Alpes.

Au début des années 2010, Patrick Edlinger se met à travailler sur un projet de biographie avec Jean-Michel Asselin. Dans ce livre, il raconte son parcours extraordinaire, sans pour autant éluder les moments difficiles, la dépression. La sortie de cet ouvrage devait marquer son grand retour alors qu'à Grenoble, les «Rencontres du cinéma de montagne» avait programmé *La vie au bout des doigts* pour les trente ans du film, en 2012. Mais Patrick Edlinger appréhendait ces retrouvailles avec le public. «*On savait que ce serait difficile pour lui de venir sur scène*», me confie Jean-Mi Asselin. Il était question de le filmer, puis de diffuser les images aux spectateurs des Rencontres venus voir le film. «*On avait trouvé la porte de sortie qui lui permettait d'être là sans s'exposer...*» Il n'en aura pas l'occasion. Patrick Edlinger meurt quelques jours avant la projection, victime d'une chute accidentelle dans les escaliers de sa maison, à La Palud-sur-Verdon. Il avait 52 ans. Aujourd'hui encore, il reste pour beaucoup le grimpeur au style si pur découvert un soir de décembre 1982 dans le film de Janssen, *La vie au bout des doigts.* «*Il avait plein de surnoms,* se souvient Jean-Mi Asselin: *on l'appelait le Blond, bien sûr. On l'appelait aussi Dieu, ce qui nous faisait tous marrer, lui le premier !*»

7

Le soliste des buildings

Il a un nom passe-partout, un physique discret – 1 mètre 65 et probablement la moitié d'un quintal –, et pourtant Alain Robert passe rarement inaperçu dans son ensemble pantalon-veste en peau de serpent couleur argent et ses santiags... également en peau de serpent. C'est comme ça que «le Spiderman français», connu dans le monde entier pour ses escalades de buildings, est habillé lorsque je le rencontre par une belle matinée de printemps au col de Tourniol, non loin de Valence dans la Drôme. «*On est dans les contreforts du Vercors, moins connus que les plus hauts sommets,* raconte-t-il. *C'est un petit peu le parent pauvre du massif, mais il y a des belles falaises ! Là, face à nous, il y a le dièdre de Tourniol que j'ai grimpé quand j'avais 16 ans. Ça fait 180 mètres, et à l'époque c'était coté TD, très difficile. J'étais au Club alpin français de Valence et on me parlait du dièdre de Tourniol. Ça faisait partie des voies difficiles. J'étais allé le faire, encordé avec un pote, et j'ai trouvé ça relativement facile. Dans la foulée, on est redescendus et puis je l'ai fait en solo intégral !*» On s'est assis dans l'herbe, au soleil, face au fameux dièdre. Alain Robert a l'air heureux de revenir ici, sur son ancien terrain de jeu, 45 ans après.

Il a grandi, dans la vallée, à Valence. Un père représentant de commerce, une mère secrétaire, et un appartement familial situé dans un immeuble au nom prédestiné: Ailefroide – comme le sommet du massif des Écrins. Très tôt, le jeune Alain Robert rêve de montagnes et commence à fréquenter les falaises du coin. Le directeur d'un magasin de sport, qui prépare également le diplôme de guide de haute montagne, prend l'adolescent sous son aile et l'embauche comme vendeur. En 1979, ils escaladent ensemble la voie *Jackson*, dans la face nord des Droites dans le massif du Mont-Blanc. Une voie « extrêmement difficile » sur une immense paroi de glace haute de 1 000 mètres. À seulement 17 ans, Alain Robert fait déjà preuve d'une aisance insolente ! L'année suivante, avec son patron et quatre autres solides grimpeurs, le jeune prodige réalise la traversée intégrale du massif des Écrins. En douze jours, la cordée parcourt 120 kilomètres d'arêtes effilées et gravit 50 sommets. *Le Dauphiné libéré* consacre un article au jeune Valentinois : « *Beaucoup de portes lui sont ouvertes* », écrit le quotidien local.

Deux ans plus tard, toutes ces portes ont bien failli se refermer. D'un coup, et pour toujours.

*

Ce jour-là, Alain Robert installe une corde pour un groupe de jeunes sur la falaise de Cruas, en Ardèche. Alors qu'il descend en rappel, un nœud d'amarrage lâche. Sa vie bascule en une fraction de seconde. « *Je suis parti tête la première,* me raconte-t-il. *Ça n'a pas été le meilleur plan parce que je suis tombé de 20 mètres, et à la base de la falaise il y avait une dalle en calcaire.* » Quatre décennies plus tard, dans la beauté calme du col de Tourniol, sous une légère brise, il revit ce terrible épisode. « *Les mains ont atterri en premier, donc les poignets ont vraiment éclaté – on appelle ça un fracas osseux – et les coudes aussi parce que mes avant-bras ont travaillé comme des amortisseurs. C'est d'ailleurs ce qui m'a probablement sauvé la vie, parce que la tête a quand même tapé ensuite, mais une grosse partie de l'énergie avait été absorbée par mes avant-bras. Donc fracture du crâne, comas, fracture du bassin, fracture de la cheville, etc. Mais ma tête a été relativement protégée. J'ai quand même perdu quasiment 45 % de mon sang, mon pronostic vital était vraiment engagé. Je me suis réveillé, les médecins sont venus me voir : je leur ai demandé quand je pourrais recommencer à grimper. J'avais eu un accident huit mois avant, donc pour moi un accident ou un autre... je n'avais pas conscience que celui-là, c'était vraiment un accident très grave.* »

Le récit de la chute et de ses conséquences me glace le sang. Et pourtant, l'homme que j'ai en face de moi est debout. Comment se relève-t-on d'une telle épreuve ? Comment reprend-on possession de son corps ? « *Remarcher, c'était le moins compliqué, parce que j'avais juste une fracture du bassin, assez simple. Par contre les mains... c'était une catastrophe : je ne pouvais plus rien faire ! Quand je suis sorti de l'hôpital au bout de deux mois, mes mains ne bougeaient plus. On m'avait bloqué le poignet gauche et mes mains étaient déviées de leur axe. J'avais l'impression que si je tapais sur le bord d'une table, elles allaient casser comme du cristal. Plus rien ne fonctionnait. À la maison, je n'arrivais pas à tourner un verrou, à ouvrir un robinet... Je ne pouvais plus rien faire ! Et puis j'ai recommencé, très doucement. Je me souviens des premiers exercices que j'ai faits pour récupérer un tout petit peu de force : je remplissais des casseroles d'eau, la petite, la moyenne, la grande et la très grande. La main gauche était très très faible, et la main droite un peu moins.* » Alain Robert ne retrouvera jamais une mobilité normale dans les mains et les avant-bras. À gauche, le nerf cubital est sectionné, ce qui le prive de sensibilité dans trois de ses doigts. La main droite, elle, est complètement tordue. Alain Robert pourtant veut déjouer tous les pronostics ! Alors il reprend l'escalade. Au ras du sol, d'abord : le mur en briques de la MJC de Valence devient son Everest. Ce grand mur de 100 mètres de long, il le grimpe en traversée, à l'horizontale, avec son poignet de traviole. Il y retourne sans relâche : chaque jour, il parvient à serrer un peu plus fort ses doigts dans les interstices du mur, et chaque jour il va un peu plus loin, les pieds à quelques dizaines de centimètres du sol. Ce sera sa thérapie.

Alain finit par retourner à la falaise de Cruas, sur les lieux de l'accident, pour reprendre l'histoire là où elle s'est interrompue quelques mois plus tôt. Il veut gravir la voie, *L'Abominable homme des doigts*. Tout un programme ! Assuré avec une corde, il décompose les mouvements, les mémorise, les répète à l'infini, au fil des jours. Puis il se lance en solitaire, sans assurance. Il y a quelque chose d'incompréhensible dans cette quête: pourquoi se mettre à nouveau en danger à ce point alors qu'il vient d'échapper à la mort ? Pour la Sécurité sociale, Alain Robert est officiellement invalide à 66 %. «*J'ai essayé d'optimiser les 34 % qui me restaient*», dit-il très sérieusement. De fait, il utilise davantage ses pieds, compense la perte de mobilité de ses poignets avec ses épaules et, pour s'entraîner, enchaîne les tractions sur un seul doigt... le petit, l'auriculaire. «*Comme je n'avais pas non plus des moyens musculaires extraordinaires, je faisais des voies à caractère aléatoire*, explique-t-il: *des voies où il y a des adhérences de pieds, des microprises de doigts, où il y a des jetés... pas des escalades que tu peux régler uniquement avec la force.*» Le «jeté» dont parle Alain Robert consiste à bondir littéralement sur une prise pour la saisir d'une ou deux mains, en donnant une impulsion avec les pieds. Pendant une fraction de seconde, le corps n'est plus en contact avec la paroi. Sans corde, la prise de risque est maximale. «*Il n'y a pas de place pour autre chose que ce que tu es en train d'effectuer. Quand tu fais un jeté, tu es dans ton jeté, tu n'es pas ailleurs, pas dans la facture d'électricité que tu n'as pas réglée. Tu n'es pas dans la mort, tu es dans rien du tout. Ta vie se résume à un jeté, à une adhérence de pied, à un plat ou un gratton de merde. Et c'est vachement intéressant parce que j'ai vécu des moments... j'appelle ça des moments d'éternité.*» Je l'écoute, fasciné, et pourtant Alain Robert reste un mystère pour moi. Dans la beauté paisible du col de Tourniol, il se dévoile un peu. «*On n'en a pas parlé mais j'étais un enfant très peureux, très chétif, très timide, qui n'était pas bien dans sa peau et qui rêvait d'être D'Artagnan, Zorro et tout ça. C'est toute l'histoire de ma vie: j'ai grimpé, c'est un peu du hasard. Je voulais juste être courageux en définitive. Ça s'arrête là.*»

*

À défaut de Zorro ou D'Artagnan, le petit garçon craintif est devenu Spiderman ! Avant de se faire une spécialité des buildings, il a bien tenté de percer dans le domaine de l'escalade rocheuse. Mais il est resté quelque peu dans l'ombre de figures plus médiatiques comme le constate le journaliste d'Antenne 2 qui lui consacre un portrait au début des années 1990: « *Moins connu du grand public que Patrick Edlinger ou Catherine Destivelle, il est pourtant le plus grand spécialiste mondial de sa catégorie d'escalade en solo – comprenez sans corde ni baudrier. Il s'appelle Alain Robert et il détient depuis peu le record mondial de difficulté. Les chutes qui ont émaillé sa carrière ne l'empêchent pas de continuer...* »

«*Grimper en solo c'est intéressant parce que c'est la liberté pardessus tout, aucune contrainte matérielle, juste moi et le rocher*», explique Alain Robert dans ce reportage où on le voit grimper seul sous les yeux de ses deux jeunes fils – car oui, Spiderman est père de famille. La scène est un peu troublante.

L'escalade en solo reste une pratique confidentielle que le grand public a découvert dans le film *La vie au bout des doigts* diffusé à la télévision en décembre 1982 [*voir chapitre 6*]. On y voit Patrick Edlinger, simplement vêtu d'un short et d'un débardeur, jouer avec le rocher avec grâce et décontraction à 100 mètres du sol. Images stupéfiantes. D'autres grands noms de l'escalade grimperont eux aussi en solo comme Christophe Profit dans la face ouest des Drus à Chamonix, ou Catherine Destivelle à la Devils

Tower dans le Wyoming. Mais personne ne poussera le bouchon aussi loin qu'Alain Robert. Lui s'attaque en solo à des falaises extrêmement difficiles jusqu'à réaliser au début des années 1990, et sans assurance, deux voies cotées 8b – c'est-à-dire pas très loin du plus haut niveau de difficulté réalisé à l'époque… *avec* une corde. Alain Robert est alors certainement l'un des meilleurs grimpeurs et pourtant… « *Je n'ai pas connu la reconnaissance quand j'étais fort,* déplore-t-il aujourd'hui. *Les magazines de montagne ne faisaient que des vignettes. Ils avaient conscience, à tort ou à raison je n'en sais rien et je m'en fous d'ailleurs… enfin ils ne voulaient pas véhiculer un mauvais exemple.* » Jean-Michel Asselin confirme : « *C'était un peu ça son image : quelqu'un qui faisait des trucs durs mais qui n'était pas complètement pris au sérieux, non pas parce qu'on mettait en doute ce qu'il faisait, les voies qu'il gravissait, mais parce qu'on mettait en doute le fait que ça dure longtemps. En gros, personne ne voulait être témoin de son écrasement par terre.* » Jean-Michel Asselin était à l'époque, dans les années 1990, le rédacteur en chef du magazine spécialisé *Vertical*. Parler de cette pratique extrême, n'est-ce pas l'encourager ? « *Le côté dérangeant, il est très simple,* explique-t-il : *voilà un gars qui avait un handicap estimé, disait-il, à 66 % – il avait les poignets bloqués, des vertiges, etc. On se disait, il est un peu fou, suicidaire ! La presse spécialisée qui rapportait de temps à autre ses exploits ne voulait pas être accusée de complaisance à son égard. On évitait de faire des couvertures avec Alain Robert, on évitait les photos pleine page… C'est vrai qu'on n'a pas fait grand-chose sur lui, ce qui a dû le frustrer terriblement. C'était évidemment un grimpeur très fort, mais il n'a pas connu la même notoriété que les Berhault, Escoffier, Lafaille, etc. Il a fallu qu'il change complètement son fusil d'épaule et qu'il aille sur les buildings. Là, il était seul, il était le roi ! C'est comme ça qu'il est devenu "le Spiderman" et vogue la galère ! Il a vu tous les continents, toutes les geôles du monde. C'est un personnage incroyable !* »

*

En 1996, Alain Robert réalise son solo le plus extrême dans les gorges du Verdon. Non pas le plus extrême sur le plan technique, mais le plus extrême en termes de risque. Il grimpe la voie *Pol Pot* – un nom de despote sanguinaire pour une escalade à 250 mètres du sol. « *Je me suis retrouvé dans le mouvement clé,* se souvient-il, *ce mouvement est pour moi "morphologique" parce que je suis petit et que j'ai perdu beaucoup d'allonge avec mes fractures du coude. Je n'arrivais pas à atteindre la prise vitale, la prise qui scellait mon destin. Je me suis retrouvé à 2 centimètres de cette prise, peut être 3. Mon pied droit était déjà à la limite de l'adhérence. Je n'avais plus qu'une seule option, c'était de continuer à pousser. J'ai poussé, poussé, poussé, et au moment où j'ai attrapé la prise de main, le pied a ripé. Mais comme j'avais la prise en main, c'était gagné. C'était de la folie ! J'étais dans une sorte de transe, je ne saurais même pas l'expliquer.* » Ce moment, c'est sans doute le point de bascule dans sa vie. « *Je me suis rendu compte que je n'avais plus de limites,* analyse-t-il. *Je n'avais peur de rien, c'est moi qui me faisais peur ! Je me disais: "Alain tu n'as pas de limites, ça fait dix ans maintenant que tu fais le con en solo tous les jours entre le 7 et le 8... Y'a un truc qui ne va pas."* »

La prise de conscience déclenche un virage à 180 degrés: Alain Robert quitte définitivement l'escalade de haut niveau sur le rocher pour se consacrer aux gratte-ciels – et c'est peut-être ce qui l'a sauvé.

Au départ, l'escalade des buildings, ce n'est pas son idée. C'est celle d'un sponsor, un horloger suisse qui veut bâtir sa communication autour des sports extrêmes. Le 17 juillet 1994, Alain Robert réalise donc pour les besoins d'une publicité l'ascension de la tour *City Corps,* dans la capitale de l'Illinois.

« *Un touriste français a eu une idée originale pour ses vacances,* plaisante le présentateur du JT d'Antenne 2. *Il a escaladé aujourd'hui à mains nues les quarante étages d'un gratte-ciel de Chicago, aux États-Unis, une ascension réussie. Alain Robert a été arrêté en haut de l'immeuble; il a dû sortir 100 dollars de sa poche mais il s'est beaucoup amusé !* » Embarqué par les policiers menottes aux poignets, le Français fanfaronne devant les caméras de télévision américaines : « *Je vois les buildings comme des montagnes*, lance-t-il aux journalistes; *j'ai décidé d'escalader cette tour parce que je pensais que ce n'était pas très difficile.* » L'expérience lui plaît, au-delà de ses espérances. « *J'entrais dans l'aventure*, se souvient-il. *Il y avait ce côté Zorro, Robin des Bois, ce côté hors-la-loi auquel j'ai adhéré. Ça m'a plu, c'était Starsky et Hutch ! Pour moi c'était extraordinaire, je me payais le luxe d'aller en prison pour deux ou trois jours, être traité comme un prisonnier avec les photos, les empreintes !* » Selon lui, l'escalade des buildings est plus facile que l'escalade en falaise. Ceux qui ont les moyens de faire cette comparaison étant plutôt rares, on s'en remettra à son jugement !

Depuis cette première ascension urbaine, le « Spiderman français » – un surnom qu'il n'apprécie pas trop – a gravi 170 gratte-ciels, des États-Unis à la Chine en passant par Paris et la péninsule Arabique. Il a notamment escaladé les 452 mètres des tours *Petronas* en Malaisie, les 443 mètres de la *Sears Tower* à Chicago – l'un des gratte-ciels les plus difficiles du monde –, et les 828 mètres de la *Burj Khalifa* à Dubaï. Mais pour cette dernière, il a fait une petite exception : il a utilisé une corde ! « *J'ai peut-être fait une overdose de buildings*, avoue-t-il. *Mais voilà : j'ai trouvé quelque chose que j'ai vraiment adoré, que j'aime encore, et qui est devenu aussi un moyen de gagner ma vie. En escalade au début des années 1980, on me donnait un petit peu d'argent mais c'était difficile. Si tu avais une famille, tu ne pouvais pas vivre. Quand j'ai commencé à grimper les buildings, tout a changé ! Ce qui m'a intéressé aussi, c'est de découvrir le monde entier. Et puis je suis un mec taquin, j'aime bien emmerder les gens, j'aime bien être cet empêcheur de tourner en rond, provoquer la société. Cette société très sécuritaire qu'on nous vend à longueur d'année, à grands coups d'assurances-vie, où on achète son cercueil à l'avance. Tout ça, c'est aussi un beau pied de nez parce que je me suis toujours senti très libre.* »

Juste avant notre rencontre au col de Tourniol dans la Drôme, Alain Robert avait escaladé dans la plus stricte illégalité les 160 mètres de verre et d'acier de la tour *Alto*, dans le quartier parisien de la Défense. Il voulait protester contre le projet de réforme des retraites. Depuis, il est retourné à Bali, où il vit désormais, loin des falaises. « *L'escalade ça doit être dangereux* », assène-t-il pour justifier son mode de vie, sans vouloir en faire un exemple pour les autres. « *Je grimperai en solo jusqu'à ce que j'aie un cancer en phase terminale, ou bien jusqu'à ce que je meure.* » Pourtant, à 60 ans passés, le grimpeur solitaire continue de mener son existence comme il l'a toujours fait : sur le fil, loin des normes.

La mort aurait pu le cueillir en de maintes occasions. Spiderman continuera à la taquiner.

8

Le piolet et le crayon

Il est 8 h 30, nous remontons vers la brèche du Rouget dans le massif de l'Oisans. Les cailloux roulent sous nos pieds. On est à plus de 3 000 mètres d'altitude, mais en cette fin d'été la neige a totalement déserté le cirque du Soreiller et les sommets qui l'entourent. «*Bientôt on sera sur cette arête qu'on voit. Le rocher est bien compact, bien rouge... magnifique ! Il porte bien son nom: le Rouget.*» Jean-Marc Rochette est un peu essoufflé, les derniers mètres à franchir pour atteindre la brèche sont assez pénibles. Il y a plus d'une heure que nous avons quitté le refuge et que nous cheminons dans cet univers minéral hérissé de hautes parois. Le soleil n'a pas encore atteint le pilier ouest que nous convoitons. Il y a quelques semaines, j'ai proposé au dessinateur du *Transperceneige* et d'*Ailefroide* de réaliser une ascension pour un épisode du podcast *La Folie des hauteurs*. L'artiste, qui avait envisagé un temps d'embrasser la carrière de guide de haute montagne, n'a pas beaucoup hésité. J'aimerais qu'il me raconte ce moment où sa vie a changé de direction, lui qui désormais vend des centaines de milliers d'exemplaires de ses BD. Mon ami Jocelyn Chavy, cofondateur du site Alpine Mag, nous accompagne pour prendre des photos. Pour ce qui est de la voie, notre choix s'est arrêté sur le *Pilier Chèze* à la Tête du Rouget (3 418 m). Le Rouget domine d'un côté le vallon du Soreiller, et de l'autre la vallée du Vénéon où habite Jean-Marc Rochette. Une escalade de proximité en somme. Voilà quelques années que lui, le Grenoblois d'origine, a posé ses toiles et ses pinceaux dans le minuscule hameau des Étages après avoir vécu une grande partie de sa vie à Paris ou Berlin.

«*Dis donc, c'est raide quand même !*» lance Rochette en levant les yeux vers la montagne. «*J'ai hâte qu'on y aille ! Il fait un peu frisquet et on est à l'ombre...*» À la brèche, nous enfilons nos harnais et nous nous encordons. «*Cette année, j'ai plutôt dessiné que grimpé, donc on va voir ce que ça donne*», sourit le dessinateur. Après une traversée à l'horizontale d'une vingtaine de mètres, nous remontons un dièdre de rocher blanc puis nous rejoignons le pied du pilier en beau granit rouge. Jean-Marc Rochette a grandi à Grenoble, entouré de montagnes. Élève frondeur, il se passionne pour le dessin et la peinture. Un tableau en particulier le fascine, le *Bœuf écorché* peint par Soutine en 1925 et exposé au musée de Grenoble. Mais bientôt le jeune Jean-Marc découvre l'escalade comme il le raconte dans *Ailefroide, altitude 3 954*, son autobiographie dessinée. D'abord sur les contreforts du Vercors à Fontaine. Ici, les parois calcaires s'élèvent d'une centaine de mètres et sont hérissées de silex aussi coupants que des rasoirs. Un endroit parfait pour se forger un moral d'acier avant d'envisager des entreprises plus sérieuses sur des parois plus hautes. Le grand massif le plus proche de Grenoble, c'est l'Oisans. Les montagnes y dépassent allègrement les 3 000 mètres d'altitude. La Meije, son sommet le plus emblématique, frôle même les 4 000 quand le dôme et la barre des Écrins les dépassent. L'Oisans attire les jeunes alpinistes en herbe à commencer par Rochette et son copain Sempé – *Philippe* Sempé, rien à voir avec le dessinateur ! C'est en mobylette que les deux compères partent pour la Bérarde, un hameau niché au bout de la route, bien après le petit village de Saint-Christophe-en-Oisans. Pour Rochette et ses copains, La Bérarde c'est un peu la mecque de l'alpinisme.

*

«*Dis donc, on commence à avoir un peu de vide*», fait remarquer le dessinateur après avoir remonté le grand dièdre blanc. L'escalade est agréable, les prises sont franches, le rocher solide. Les mains au contact du granit, il est dans son élément – ou plutôt son autre élément après le dessin. Dans les années 1970, Jean-Marc Rochette, qui s'enivre de la nouvelle liberté que lui procure l'alpinisme, parcourt le massif dans ses moindres recoins. Il commence avec Sempé par l'arête sud du pic Coolidge puis, très vite, les deux copains s'attaquent à un monument local: l'aiguille Dibona, une flèche de 400 mètres de haut plantée au fond du cirque du Soreiller. Les deux ados gravissent les faces est et ouest dans la même journée. Les choses sérieuses commencent et Jean-Marc veut désormais devenir guide de haute montagne. Cinq décennies plus tard, le voilà de retour en Oisans sur l'un des seuls piliers qui manquaient encore à sa liste de courses. Rochette a gardé ses mitaines pour grimper, sans doute un truc qu'il faisait dans les années 1970 pour éviter d'avoir froid aux mains. À 64 ans, il retrouve la gestuelle du grimpeur: agripper une prise ronde avec la main droite, une autre avec la main gauche, puis monter les pieds, les placer dans les creux du rocher, puis pousser... et s'élever. «*Pour moi c'est une très belle escalade, je m'y sens bien: c'est là où tu peux parler de grimpe plaisir.*» Une escalade juste pour la joie d'être là-haut en grimpant du «4 sup» – « *du beau 4 sup, du 4 sup ancien, bien raide et joli*».

C'est aussi l'endroit où le rocher est le plus rouge, presque la couleur de la rouille. «*Il y a du fer là-dedans*», commente Rochette, sensible aux pigments qui composent ce tableau naturel, un cadre artistique dans lequel il s'est largement épanoui. «*Les plus gros succès que j'ai eus en* BD, *c'est en faisant de la* BD *de montagne*, reconnaît-il. *Je pense que je regarde le monde à travers ce prisme, le prisme de la montagne. J'y vois des poussées, des forces – les ombres en montagne, je les trouve très belles. Là ce que l'on voit, c'est un alphabet d'abstractions. La montagne, c'est vraiment le paysage pictural par excellence.»* Le grimpeur ne fait que suivre les lignes de faiblesse de ce paysage. Une fissure nous emmène ainsi vers la droite. Les vieux pitons laissés par nos prédécesseurs nous indiquent le chemin à suivre jusqu'à un ressaut, le passage le plus difficile de la voie. «*Bon, 5 b, ça devrait être dans mes cordes quand même !*» Il passe sans problème. «*Comme j'ai des chaussons, ça allait à peu près ! Il ne faudrait pas que ce soit comme ça pendant dix longueurs, sinon ça changerait l'histoire !*»

Heureusement, la suite est plus facile; la paroi se couche et un éperon nous mènera bientôt au sommet, 150 mètres plus haut. Le soleil nous a rejoints, mais mon compagnon de cordée reste sur ses gardes. «*Il ne faut pas traîner ! Des cumulonimbus sont en train de monter.*» La météo prévoyait une possible dégradation en toute fin de journée. En théorie, nous devrions avoir quitté le sommet depuis longtemps. Je fais confiance à la météo. Lui se fie à son expérience: « *Il faut sortir !*» Nous voilà donc repartis.

— *Tu m'assures avec la corde ?*

— *Je te tiens, tu peux y aller, c'est bon !*

Bientôt nous débouchons au sommet. «*Finalement on ne voit pas ma baraque ! Enfin si, un peu... 2 000 mètres plus bas. On voit juste le toit !*» Tout autour de nous, le spectacle est grandiose, les sommets défilent: « *Le Plaret, c'est un des premiers trucs que j'ai faits, en partant du bas. Une bavante, affreux ! Après tu as le Rateau, la Meije évidemment, et la face sud, magnifique. J'ai fait la* Pierre Allain, *c'était ma dernière voie, en 1981.*» Il se reprend: non, il a grimpé une autre voie après celle-ci, à Hombori Tondo au Mali. «*Après, pendant quarante ans je n'ai plus touché le rocher. J'ai eu ma dose, je me suis consacré au dessin, à la bande dessinée, au* Transperceneige... *Et j'ai complètement laissé tomber la montagne. Les copains sont tous devenus guides ou alors... bon voilà quoi.*»

Comprenez: la passion du vide en a emporté quelques-uns. Lui est revenu à la montagne dans les années 2010, «*avec Laroche-Joubert qui est guide. J'ai refait le pic Coolidge et puis ainsi de suite. J'ai refait la traversée de la Meije, la voie des* Savoyards *à l'aiguille Dibona.*» Les classiques de sa jeunesse. Mais sur le *Pilier Chèze*, bizarrement, il n'avait jamais traîné ses godillots.

Jean-Marc Rochette aura donc passé pratiquement quatre décennies sans grimper. Pourquoi une si longue parenthèse ? C'est pour essayer de le comprendre que je suis monté ici, au sommet de la Tête du Rouget, pour qu'il me raconte de vive voix ce qu'il avait dessiné dans l'album *Ailefroide*, autrement dit les deux accidents qui ont tout changé pour lui. Le premier a lieu au-dessus de la Bérarde après l'ascension du glacier Long, en face nord de l'Ailefoide occidentale (3 954 m). La descente se fait sur un autre versant par un couloir de neige qui mène au vallon de la Pilatte. Dans ce couloir de neige, lui et son compagnon dévissent… «*On avait fait le glacier Long, j'étais avec un copain qui voulait faire guide aussi*, se souvient-il, assis sur un bloc de granit au sommet du Rouget. *Il est tombé derrière moi, m'a embarqué et on est partis.*» Les voilà lancés à pleine vitesse dans un toboggan géant… «*Les chutes comme ça dans des grandes faces où tu peux plus t'arrêter, tu ne sais pas trop où ça va aller. Et dans ta tête, ça va vite. Et puis tu as le temps de penser dans ces chutes. Comme je le raconte dans* Ailefroide, *quand je tombais je me disais: "C'est dommage, tu ne seras pas un dessinateur". Je ne me suis pas dit: "Tiens, tu ne seras pas un grimpeur, ou tu ne vas pas avoir d'enfants." Visiblement, je n'en avais rien à foutre. Je me suis dit: "Tu avais une carrière à faire et tu ne vas pas la faire." La carrière, c'était le dessin. C'est peut-être aussi pour ça que je me suis mis d'un seul coup à vraiment travailler ce média.*» Comme par miracle, la cordée parvient à enrayer la chute, mais Rochette plante accidentellement l'un de ses crampons dans le bras de son compagnon. Comme dans son roman graphique, Rochette est précis, pas emphatique. «*C'était un peu limite*», dit-il seulement.

Le second accident se déroule sur une paroi que Jean-Marc Rochette connaît par cœur, une falaise où il s'entraîne, près de Grenoble. Ce jour-là, il est seul. L'ascension se passe sans accroc, mais lors de la descente en rappel… «*J'ai pris une pierre sur la tête. Au niveau des mandibules inférieures. Ça m'a pété toutes les dents.*» Comment a-t-il réussi à descendre malgré tout ? Il ne se souvient plus. «*Quand tu as 20 ans tu es un peu immortel, la mort est une notion assez abstraite. Et puis là, d'un seul coup, c'est un rappel à l'ordre. Après c'est l'hôpital, et tu changes de vie complètement. C'est comme gagner au Loto: tu gagnes un million, ça change ta vie; tu as un gros accident, ça change ta vie aussi. Moi, je me suis pris un coup sur la tête et ça a changé mon axe de vie. Je me suis accroché à une bouée. J'avais laissé tomber l'école, la fac, je me suis dit "maintenant il n'y a plus de grimpe, il faut que je fasse quelque chose". Comme je suis aventurier, j'ai plutôt cherché à faire de l'art plutôt que des métiers plus sûrs. Je n'avais pas de fric, donc il a fallu que ça marche tout de suite… et ça a marché pratiquement immédiatement puisque* Edmond le Cochon *a été publié en six ou sept langues au bout de deux ans.*»

Edmond le Cochon, BD à l'humour grinçant, est publié dans le mensuel *Fluide Glacial* dès 1979. Trois ans plus tard, Jean-Marc Rochette et le scénariste Jacques Lob mettent sur les rails le *Transperceneige*, l'histoire d'un train qui tente d'échapper à la glaciation du monde, avec à son bord ce qui reste de l'humanité.

«*Parcourant la blanche immensité d'un hiver éternel et glacé d'un bout à l'autre de la planète, roule un train qui jamais ne s'arrête. C'est le Transperceneige aux mille et un wagons.*»

La BD trouve son public, mais le succès – planétaire, cette fois – viendra en 2013, avec l'adaptation au cinéma du réalisateur coréen oscarisé Bong Joon-ho. Jean-Marc Rochette a alors 56 ans. Une série sur Netflix achève d'asseoir la notoriété du train aux mille et un wagons. En 2018, le Grenoblois connaît à nouveau le succès en racontant sa propre histoire dans *Ailefroide, altitude 3 954*. L'album dépasse vite les 100 000 exemplaires vendus. Incroyable pour un livre de montagne... D'autant qu'il raconte la vie d'un alpiniste somme toute assez ordinaire. C'est peut-être aussi ce qui l'a propulsé en haut des classements. «*C'est le côté un peu universel,* analyse-t-il. *Il y a de très grands grimpeurs comme Reinhold Messner. Mais Messner, c'est Messner. Tandis que tout le monde peut se reconnaître dans* Ailefroide, *c'est très humain.*» Jean-Marc Rochette, qui avait tourné le dos à la montagne toutes ces années, revient aux sources de son enfance. Il s'installe dans le hameau des Étages, coupé du monde durant l'hiver (la route n'est pas déneigée), et dessine *Le Loup*. Là encore, les lecteurs sont au rendez-vous. «*C'est merveilleux pour un artiste de rencontrer son public*», commente-t-il. Il n'a jamais donné autant d'interviews – « *rarement au sommet du Rouget quand même !*»

Au sud, voilà que de gros nuages noirs commencent à se former. «*C'est un endroit qui me plaît, mais je n'y passerai pas ma vie. Il y a des nuages qui arrivent... je ne pense pas que je dormirais ici la nuit, tu vois. Donc si c'est possible de redescendre avant...*» Le ton est devenu ferme, et sa barbe blanche lui donne une allure de vieux sage. On remballe et on s'en va. Nous avons passé vingt minutes au sommet. Quelques pas de désescalade et quatre grands rappels de 50 mètres nous ramènent à la brèche.

Finalement, la météo aura été clémente. En début d'après-midi, nous voilà de nouveau au pied du pilier que nous venons de gravir. Son aspect a complètement changé. Ce matin, plongé dans l'ombre, on le distinguait à peine dans la masse de la montagne. Maintenant que le soleil l'éclaire entre deux nuages, le pilier escaladé pour la première fois en 1963 par Roger Chèze, prof de sport et guide, se détache comme la proue d'un navire. « *C'est une très très belle ligne ! Il y a un sens artistique chez les grands ouvreurs de voies. C'est l'endroit le plus rouge, le plus net, une ligne de fracture évidente. Il a pris le pilier au départ et il l'a suivi jusqu'au sommet... chapeau bas ! Il a dégoté une pépite, c'est une voie logique qui passe en libre, et avec cette espèce de toit au milieu qu'il contourne... Franchement, je suis super content, c'est vraiment une voie magnifique.* "Pilier Chèze" *c'est comme une signature, comme une signature Picasso. Roger Chèze, j'imagine, nous a quittés il y a quelques années* [en 2012], *mais il est toujours un petit peu là. C'est l'honneur et la chance des grands grimpeurs : ils restent toujours un peu vivants dans le cœur de ceux qui suivent.* »

Troisième partie

Les acharnés

9

L'Alouette des Jorasses

Lundi 15 février 1971. On entend à la radio la voix d'un homme engagé dans l'immense face nord des Grandes Jorasses. Une paroi de 1 200 mètres de hauteur qui, à cette période de l'année en plein hiver, ne voit jamais le soleil. Les températures y sont polaires, surtout la nuit. Or la cordée a déjà passé quatre nuits dans cette face nord, simplement protégée par une toile de tente directement rabattue sur les sacs de couchage. Malgré la difficulté de l'itinéraire et les conditions météo difficiles, les deux hommes ont déjà grimpé les deux tiers de la directe de l'éperon Walker, une voie très difficile dont ils tentent de réaliser la toute première ascension. Un itinéraire encore jamais parcouru et tenté au cœur de l'hiver. Ce jour-là, une chute de pierres endommage l'une des trois cordes que les alpinistes ont emportées, une péripétie qui n'entame pas leur moral. Ils comptent en finir bientôt avec cette voie et, d'ailleurs, la retraite désormais n'est plus une option. « *Il est impossible de redescendre, nous risquerions de penduler dans le vide si nous devions entreprendre une descente en rappel. Alors dans tous les cas, quoi qu'il arrive, il nous faut sortir par le sommet !* » dit l'un des deux hommes par radio à l'intention des journalistes qui, dans la vallée de Chamonix, suivent depuis plusieurs jours leur progression. Celui qui s'adresse ainsi à la presse s'appelle René Desmaison. À 41 ans, il est le visage le plus connu de l'alpinisme. « *C'est* le *professionnel de l'alpinisme,* confirme le journaliste Antoine

Chandellier, auteur de sa biographie. *Il est le premier à décider de vivre de la montagne de manière aussi décomplexée. Il est payé par des marques, il est conseiller technique, il vend des reportages et il exerce le métier de guide. Il vit exclusivement de la montagne, un peu comme les marins – c'est son modèle.*» Bientôt, son troisième livre s'intitulera *Professionnel du vide*.

René Desmaison aime être sous le feu des projecteurs. En 1968, il fait vivre en direct et pendant plusieurs jours aux auditeurs de RTL l'ascension du Linceul, une grande pente de neige et de glace en face nord des Grandes Jorasses – déjà. Desmaison s'illustre également lors de secours très médiatisés, comme en 1966 où il se joint à une équipe de francs-tireurs partis à la rescousse d'une cordée d'Allemands bloqués dans la face ouest des Drus. Le sauvetage, réussi mais réalisé au nez et à la barbe des instances officielles, lui vaudra une exclusion de la Compagnie des guides de Chamonix. Au passage, René Desmaison publie un reportage dans l'hebdomadaire *Paris Match* avec les photos exclusives de l'opération.

La même année, après le crash du *Kangchenjunga* près du sommet du mont Blanc (117 morts), Desmaison se mue en Sherlock Holmes. L'ORTF mobilise d'importants moyens: « *Le but de cette opération, c'est d'essayer d'effectuer un reportage sur l'accident du Boeing 707 de la compagnie Air India, d'essayer de retrouver quelques débris, d'essayer de remonter jusqu'au point d'impact de l'accident de cet avion*», détaille un journaliste dépêché à Chamonix dans le journal télévisé de 13 heures, le 26 février 1966. «*Nous allons essayer d'entrer en contact avec cette équipe, et particulièrement avec l'équipe de pointe, l'équipe de René Desmaison...*» L'alpiniste ne croit pas à la thèse d'une défaillance du pilote, mais soutient celle d'une collision avec un avion militaire. «L'opération Chabert», comme elle est appelée à la télévision, consiste à fouiller dans la face ouest du mont Blanc, un versant escarpé et sauvage, à la recherche d'éventuels débris accréditant cette thèse.

René Desmaison «*c'est un alpiniste de testostérone*», souligne Antoine Chandellier. «*Il est toujours dans le combat, dans l'adversité; il aime bien aussi avoir des ennemis quand même. À côté de ça, c'est quelqu'un qui sait parler de la montagne, qui plaît, qui est dans la séduction, et qui est très très fort également. Il se caractérise par sa résistance hors du commun, et c'est aussi le problème qu'il aura.*» Parce que pour réaliser ses ascensions médiatiques, René Desmaison a besoin de compagnons à la fois doués et solides, mais qui acceptent aussi de jouer le rôle de second de cordée. Pour cette ascension de la directe de la pointe Walker dans la face nord des Grandes Jorasses, il a choisi Serge Gousseault. Gousseault a 24 ans et, comme son aîné, il est guide de haute montagne – lui aussi est donc un professionnel du vide. Originaire de Touraine, le jeune alpiniste est un virtuose de l'escalade rocheuse même s'il a, c'est vrai, assez peu d'expérience en ce qui concerne les ascensions hivernales. Les premiers jours se déroulent sans encombre et la cordée progresse petit à petit sur cette grande paroi de granit. Mais bientôt, la machine se grippe. Le mardi 16 février au réveil, la montagne est toute blanche. En tête, René Desmaison doit dégager la neige du rocher pour planter ses pitons à grands coups de marteau. La journée est éprouvante, mais le sommet se rapproche. Le mercredi 17 février, les vivres s'épuisent, le talkie-walkie tombe en rade, mais surtout les mains de Serge Gousseault commencent à geler. Le drame des Jorasses est en train de se nouer, comme le racontera Desmaison six semaines plus tard à Jacques Chancel dans son émission «Radioscopie»:

« *À partir du septième jour, tout allait mal, il fallait sortir coûte que coûte vers le sommet. Il n'y avait pas d'autre solution et le sommet à ce moment-là était à quelque chose comme 250 mètres. On a essayé de couper au plus court, de rejoindre sur la gauche une arête qui paraissait plus proche : on voulait s'échapper pour rejoindre l'arête des Hirondelles, mais c'était impossible. C'étaient des passages imbriqués, verglacés, beaucoup plus difficiles que la directe. La morphologie du rocher nous conduisait toujours vers le centre, et c'est ainsi que nous sommes arrivés à 90 mètres sous le sommet. Et pendant deux jours avant ce dernier emplacement de bivouac, Serge avait ses mains complètement gelées, il ne pouvait plus rien faire, il ne pouvait plus dépitonner. J'ai dû l'aider à monter, le tirer, et lorsque nous sommes arrivés à notre dernier emplacement de bivouac, il m'a dit : "Je ne peux plus continuer, c'est fini, il faut venir nous chercher là."* »

Dans la vallée, l'inquiétude gagne : « *C'est toujours le silence dans les Grandes Jorasses,* annonce France Inter. *Hier encore, un pilote a tenté de repérer Desmaison et Gousseault, sans succès : le vent soufflait avec violence et le Piper n'a pas pu s'approcher de la paroi rocheuse. Depuis mardi, le talkie-walkie de la cordée est resté silencieux.* » Devant les journalistes, Simone, la femme de René, ne cache pas son inquiétude : « *Quand la radio s'arrête comme ça, brusquement, et qu'on n'a plus rien, on imagine des choses terribles. L'hélicoptère a eu la gentillesse de survoler la paroi mercredi et les a vus à 200 mètres du sommet à peu près, dans un truc difficile, très très difficile. Ensuite, il y a eu une journée de beau temps, et puis le mauvais temps s'est abattu depuis hier. Aujourd'hui, on est dans le mauvais temps et on attend, on ne sait rien. Oui, je suis inquiète, bien sûr que je suis inquiète.* »

Le vendredi 19 février, la cordée parvient à gagner encore quelques dizaines de mètres. Un nouveau bivouac est installé sur une dalle inclinée. C'est la huitième nuit qu'ils passent accrochés à la paroi et désormais, ils ne peuvent plus progresser. Le sommet est là, tout proche, 80 mètres au-dessus d'eux.

Le samedi 20 février à 11 heures, un premier hélicoptère parvient à s'approcher à une quarantaine de mètres des alpinistes ; même chose le lendemain. « *Pourquoi Desmaison ne donne-t-il pas l'alerte ? Tout le cœur du problème est là*», raconte Antoine Chandellier. «*De nombreux secouristes se succèdent à l'intérieur de ces appareils, et tous les témoins disent que les signaux réglementaires de l'appel au secours – c'est-à-dire qu'on fait six battements des deux bras en même temps, de haut en bas, six battements à la minute – il ne les a pas faits. Lui-même, après le drame, donnera plusieurs versions. La vérité c'est probablement qu'il n'a pas envie d'être secouru : pour lui c'est l'humiliation, et à 80 mètres du sommet, il ne veut pas les faire. Alors il dit qu'il fait le signal d'un bras... comme une espèce de lapsus gestuel. Et puis, ces secouristes qui le survolent, il les a tellement habitués à faire des ascensions comme ça, dans le mauvais temps, en les faisant durer...*» Au *Linceul* en 1968, il était resté neuf jours dans la paroi, en hiver. Desmaison, au fond, *fait du Desmaison*, pense-t-on, sans admettre qu'il peut être en difficulté. «*Pourtant, à côté de lui, Serge Gousseault est allongé sur la vire,* souligne Antoine Chandellier. *Au bout d'un moment, il ne bouge plus.*» Quand Desmaison a-t-il pris conscience que Serge Gousseault allait mourir ? «*Il est pris dans l'exaltation de sa tentative de première, il veut aller jusqu'au bout. Peut-être qu'il se ment à lui-même, qu'il ne veut pas voir que son compagnon est à bout et qu'il faudrait déclencher les secours. Dans une paroi à près de 4 000 mètres en hiver, on n'a pas les mêmes facultés de raisonnement que dans son chalet au coin du feu.*»

*

D'après le récit de René Desmaison dans son fameux livre, *342 heures dans les Grandes Jorasses*, Serge Gousseault s'éteint le lundi 22 février. Ce jour-là, dans la vallée, les opérations de secours sont officiellement lancées à 11 heures du matin à la demande de Simone Desmaison. Commence alors le ballet des hélicoptères entre la DZ des Bois, la base aérienne de Chamonix, et les Grandes Jorasses. Mais le vent les repousse sans cesse de la paroi.

Le mardi 23, nouvelles tentatives, et nouveaux échecs; le vent souffle à 100 km/h. Le mercredi 24 février, le vent se renforce encore pour atteindre 120 km/h ! Immobile sur la paroi, René Desmaison fait fondre des morceaux de glace dans sa bouche. Il n'a plus rien à manger depuis longtemps et pense que pour lui aussi, la fin approche.

«*Madame Desmaison, pendant ce temps, espère encore que son mari sera récupéré vivant,* entendent les auditeurs du journal de 13 heures sur France Inter: *"J'ai espoir, parce que je sais que mon mari actuellement sait qu'on est là. C'est un être fort et il doit lutter pour sa vie comme nous luttons nous ici pour la sienne."*» Simone Desmaison termine sa phrase dans un sanglot. Le 24 février au soir son mari vacille au bord de la folie alors que débute sa quatorzième nuit dehors !

Jeudi 25 février, à 7 h 25, un gros hélicoptère Puma décolle de Chamonix. Mais les rafales l'empêchent de s'approcher des naufragés. De retour à la DZ des Bois, Jean Boulet, célèbre pilote d'essai, en descend. Sur le tarmac, il s'adresse aux journalistes: « *Il y a eu une petite accalmie mais ensuite le vent a forci, et actuellement il est absolument impossible, quel que soit le type d'hélicoptère, quelle que soit l'expérience du pilote, de se poser là-haut. Mais toutes ces expériences ont servi à définir la méthode optimale. Je pense comme les pilotes de la Protection civile et de la Gendarmerie que la bonne solution, c'est envoyer deux Alouettes 3 qui emporteront chacune deux guides et leur équipement, et qui se poseront juste l'une derrière l'autre au petit col qui se trouve entre les deux pointes, Walker et Whymper. Il faut que le vent diminue !* »

Au moment où Jean Boulet prononce ces mots, une troisième Alouette est en route pour Chamonix. L'hélicoptère a décollé du Versoud, près de Grenoble, à 120 kilomètres des Grandes Jorasses. Ce matin-là, le pilote de la Protection civile Alain Frébault et son mécanicien Roland Pin sont de permanence. «*Les ordres étaient de se rendre à Chamonix en renfort. On ne savait pas trop ce qui se passait là-bas puisqu'on rentrait de congés*», se souvient Roland Pin. Le 25 février 1971, ce mécanicien expérimenté inspecte l'appareil et le sort du hangar. Puis il prend place à bord; Alain Frébault, lui, empoigne le manche. À 9 h 10, l'hélicoptère décolle. Mais plutôt que d'aller se poser avec les autres hélicoptères à Chamonix, il file pour une reconnaissance sur le versant italien des Grandes Jorasses. L'aérologie, ce jour-là, y est bien différente. Côté nord, le vent rabat l'appareil vers la paroi; côté sud, les vents sont ascendants et portent l'hélicoptère. «*On a cherché à repérer Desmaison et son compagnon,* poursuit le mécano aujourd'hui âgé de 87 ans. *On a tournicoté et on les a aperçus !*» Une rafale secoue alors l'Alouette 3. «*C'était difficile, on était chahutés ! J'ai dit à Alain: "Je vais changer de place." De la place copilote, au milieu, je me suis mis à la place passager à gauche. J'ai dit: "Oh, là il y a une brèche, on pourrait peut-être essayer de se poser."*» Bonne pioche: après s'être fait ballotter un long moment en vol stationnaire au-dessus de la brèche, Alain Frébault réussit à poser les patins de son Alouette 3. «*Une fois posés complètement, on s'est regardés, et Alain a dit: "On ne peut rien faire d'autre. Ils vont se poser là et puis voilà."*»

À Chamonix, sur la base hélico, c'est à la fois l'étonnement et le soulagement. Car cela fait quatre jours désormais que l'on essaie, en vain, de se poser là-haut. La petite Alouette du Versoud redonne espoir à tout le monde ! Sans plus attendre, l'équipage Frébault-Pin récupère trois secouristes dans la vallée et les dépose au petit col. Deux appareils de la Protection civile et de la Gendarmerie prennent alors le relais. De retour sur le tarmac, le pilote Alain Frébault livre son récit en direct dans le journal de 13 heures de l'ORTF: « *Nous avons été avertis à Grenoble, par la préfecture de la Haute-Savoie, pour nous rendre à Chamonix, pour essayer d'aider au secours. Durant le voyage pour aller à Chamonix, nous avons fait une tentative pour nous poser sur le sommet des Grandes Jorasses.*

À la deuxième tentative, nous avons réussi à nous poser dans un petit col, 100 mètres environ en dessous du sommet. Et à partir de là, les autres hélicoptères ont pu faire leurs rotations en empruntant le même chemin.» Frébault raconte le sauvetage en toute modestie. Pourtant, c'est bien lui qui, avec son mécanicien, a réussi le premier à se poser sur l'arête sommitale. «*Alain Frébault a fait des opérations en Oisans, dans les Écrins, il connaît le vol en montagne, ce n'est pas un débutant,* souligne Antoine Chandellier. *C'est lui qui a dénoué la situation. Les conditions n'étaient peut-être plus les mêmes. Elles ont pu évoluer, et il a bénéficié de l'expérience de ceux qui avaient échoué avant.»* L'édition de Grenoble du *Dauphiné libéré* salue le courage de l'équipage: « *Excellent pilote, doué d'un courage tranquille et d'un sang-froid à toute épreuve, ce brigadier de la* CRS *a fait une nouvelle fois la preuve de ses qualités,* note à l'époque le journal dans son édition de Grenoble. *Il était assisté d'un mécanicien, monsieur Pin, que nous associerons aux compliments que nous adressons à son valeureux aîné.»*

*

Au cours de la matinée du 25 février, cinq secouristes sont déposés à la brèche, vers 4 000 mètres d'altitude. Ils remontent en crampons les 100 mètres d'arête qui les séparent de la pointe Walker, où ils installent un treuil. Le guide de Chamonix Gérard Devouassoux s'attache au câble et descend dans la face nord. Au bout de 80 mètres, il rejoint l'alpiniste en perdition. René Desmaison est très affaibli, mais il est vivant, secouru *in extremis* ! Il n'aurait pas survécu une nuit de plus sur cette paroi, c'est une certitude.

Le drame déclenche la polémique: on reproche à Desmaison de ne pas avoir clairement appelé à l'aide; l'alpiniste, lui, accuse les responsables locaux des secours d'avoir trop attendu pour déclencher les secours. «*À un moment, j'ai perdu espoir,* confie René

Desmaison de retour dans l'émission « Radioscopie » en octobre 1979. *Je me dis: "Il fait beau temps et personne ne vient... bon, c'est terminé." J'étais conscient de mon affaiblissement d'heure en heure. Je connaissais des gens qui étaient morts un peu de façon identique et je savais que j'allais partir. Ce qu'il y avait d'épouvantable pour moi c'était de savoir que j'étais si près de la vallée. Ça m'arriverait aux Andes, dans une montagne lointaine, ce ne serait pas la même chose. Mais quand on sait qu'à 10 kilomètres à vol d'oiseau vous avez votre chalet, votre famille, et que vous, vous êtes accroché en haut d'une paroi... Il fait beau temps et vous allez mourir: il y a quelque chose d'inconcevable, une sorte de révolte... et puis on se dit: "Bon, ça y est, il faut l'accepter." S'il n'y avait pas eu ce brave Alain Frébault qui est parti de Grenoble avec son hélicoptère sans autorisation pour se poser aux Jorasses, eh bien je restais là-haut. Je n'oublierai jamais Alain Frébault, jamais. S'il a besoin de moi pour quoi ce soit un jour, il sait que je suis là.* »

René Desmaison est retourné dans la face nord des Grandes Jorasses en janvier 1973 avec deux compagnons, Giorgio Bertone et Michel Claret. Ensemble, ils ont achevé l'itinéraire entrepris deux ans plus tôt avec Serge Gousseault; le trio a mis une semaine. Cinq décennies plus tard, en février 2023, les guides et alpinistes Benjamin Védrines et Léo Billon, partis le matin même de Chamonix, ont gravi la voie en un peu plus de 9 heures de la base au sommet, une performance hors norme. Le signe aussi que la voie *Gousseault-Desmaison* reste un mythe et qu'elle continue d'inspirer la nouvelle génération de grimpeurs.

René Desmaison s'est éteint en 2007, à l'âge de 77 ans. Quant à Alain Frébault, il est mort quatre ans plus tard, à 80 ans. Le pilote avait pris sa retraite en 1987 après 4 000 heures de vol et 750 secours en montagne.

10

8 848 + 93

C'était encore le temps où l'Everest suffisait à remplir une vie. Il n'y a pas si longtemps, finalement. C'était avant la course généralisée aux quatorze 8 000. Lui rêvait d'aller plus haut que les tours de son quartier, la cité Maurice-Thorez, en banlieue parisienne. Nadir Dendoune, je l'ai rencontré un jour froid et pluvieux de 2010. Le ciel était gris, mais on est restés à la terrasse du bistrot pour boire notre café. Après les émeutes de 2005, le réseau France Bleu avait déployé plusieurs correspondants, des « reporters en résidence », en banlieue parisienne. J'étais en poste en Seine-Saint-Denis, le 93. Un jour, je lis dans *Libération* le portrait de ce gars qui, sans aucune expérience de la montagne, est parvenu à se hisser sur le Toit du monde. Un Séquano-Dionysien au sommet de l'Everest, voilà qui me changerait de l'actualité, parfois pesante, que je couvrais au quotidien. Je découvre un trentenaire énergique et enthousiaste. Après l'interview, nous faisons quelques pas dans la rue pour rejoindre le métro quand nous sommes interpellés par un ado qui sort de la Fnac avec en main un exemplaire de *Un tocard sur le toit du monde*. « *C'est toi Nadir ?* » lance le minot en lui montrant la couverture du livre. On y voit l'auteur au sommet de l'Everest et tenant devant lui un morceau de carton découpé en forme de cœur avec en son centre l'inscription « 93 ». Le gamin, impressionné, n'en revenait pas.

Nadir Dendoune a grandi dans un HLM de l'Île-Saint-Denis, banlieue populaire : treize immeubles, 1 500 habitants, un quartier situé entre deux bras de la Seine, à six kilomètres à vol d'oiseau de Paris. Le père de Nadir, Mohand, est né dans les montagnes d'Algérie. Il est arrivé en France dans les années 1950 comme beaucoup de travailleurs algériens. Sa femme Messaouda s'y installera quelques années plus tard. Nadir vient au monde en 1972, c'est le petit dernier de la famille. Les Dendoune ne roulent pas sur l'or, mais le petit garçon passe une enfance heureuse. En grandissant, Nadir se met à rêver d'ailleurs. À 21 ans, il part vivre en Australie et se lance en 2001 dans un tour du monde à vélo pour la bonne cause, la lutte contre le VIH. Deux ans plus tard, pendant la guerre d'Irak, le voilà bouclier humain à Bagdad devant une usine de traitement de l'eau. Il en tire un premier livre intitulé *Journal de guerre d'un pacifiste*. De retour en France, Nadir Dendoune, esprit curieux, travaille comme journaliste pour un grand quotidien. Mais bientôt, son envie d'action – et son besoin de reconnaissance aussi – le conduira à rêver d'Everest.

« *Je ne veux pas tomber dans le misérabilisme, mais j'ai des parents qui ne savent pas lire ni écrire, qui viennent d'un village kabyle, et pour moi, faire l'Everest, c'était aussi pour faire des choses qu'eux n'ont pas pu faire*, me confie Nadir. *Mes parents ont eu des rêves de pauvres, moi j'essaie d'avoir des rêves de riche. Ça paraît caricatural, mais c'est un peu ça.* » Cette fois, changement complet d'ambiance : nous sommes assis sur un banc, au soleil, dans la vallée de Chamonix. On a le mont Blanc sous les yeux, mais c'est bien d'Everest qu'il est question : j'ai repris contact avec Nadir à l'été 2020 pour l'enregistrement d'un épisode du podcast *La Folie des hauteurs*. Il me raconte alors « *son rêve de riche* »… qui lui a tout de même coûté plus de 20 000 euros entre les vêtements, le matériel, le billet d'avion, le permis d'ascension et la facture de l'agence qui organise l'expédition et paie porteurs, sherpas et guides. Il a rassemblé ses économies, sollicité les amis, grappillé quelques sous auprès d'un sponsor... La question était réglée. Restait un problème de taille: son expérience de la haute montagne; il n'en avait aucune. «*Si, la butte Montmartre à Paris*», plaisante-t-il. En revanche, Nadir Dendoune est un vrai sportif, il a la caisse ! Alors il se dit que l'Everest est à sa portée. Quand l'agence lui demande sa liste de courses en haute montagne, il s'invente un CV de «véritable» alpiniste, avec bien sûr l'ascension du mont Blanc, du Kilimandjaro et aussi quelques sommets himalayens. Tout est faux mais peu importe ! Confiant, il s'envole pour Katmandou au printemps 2008. Dans la capitale du petit royaume népalais, l'apprenti montagnard rejoint le chef d'expédition. Dans son livre, *Un tocard sur le toit du monde*, Nadir l'appelle «Cliff». La première rencontre entre les deux hommes est plutôt glaciale. Quarante-huit heures plus tard, les deux hommes montent à bord du petit bimoteur qui assure la liaison entre Katmandou et l'altiport de Lukla, à 2 800 mètres d'altitude. Ici commence le véritable voyage vers le sommet, le début d'une longue marche d'approche pour rejoindre le camp de base de l'Everest, situé à 5 300 mètres d'altitude, c'est-à-dire plus haut que le mont Blanc que Nadir est censé avoir déjà gravi. Lui qui ne connaît pas les effets de l'altitude, le voilà servi. À Namche Bazar, capitale des Sherpas, Nadir et Cliff sont rejoints par quatre Australiens, clients de la même expédition.

Tous arrivent vers la mi-avril au camp de base, un gros village fait de tentes et peuplé d'alpinistes aux nationalités et aux motivations diverses. C'est ici que commence l'escalade. Le début aussi des ennuis pour Nadir qui ne sait ni enfiler un harnais ni mettre de crampons. Alors quand vient la petite séance d'entraînement sur un mur de glace, il se retrouve vite en fâcheuse posture. La scène est reprise dans le film *L'Ascension*, réalisé par

Ludovic Bernard et librement inspiré de l'histoire de Nadir. «*Mais tape, bordel !*» lance le guide, visiblement agacé, alors que le personnage principal renommé Samy, se débat au bout de la corde avec ses piolets et ses crampons, incapable ou presque de monter. «*C'était plus facile au Kilimandjaro !*» assène le chef d'expédition d'un ton sarcastique, sous les rires moqueurs des autres alpinistes. Nadir, le vrai, commence à douter de lui. Comme il le raconte dans son livre, un événement va le décider à continuer. Dans la toute petite tente qui sert de toilettes, on entend aisément tout ce qu'il se passe à l'extérieur. C'est ainsi que Nadir, à l'intérieur, surprend deux Australiens en pleine conversation au sujet des autres membres du groupe. Personne n'est épargné, et surtout pas le Français: ses détracteurs ne croient pas une seule seconde qu'il puisse parvenir au sommet, persuadés qu'il jettera l'éponge à la première difficulté. Nadir, planqué dans les toilettes, ravale sa colère, mais pas son orgueil. C'est décidé: il ira au sommet.

Pour cela, il peut compter sur le soutien de Bijay, un jeune Sherpa avec qui il s'est lié d'amitié et qui l'initie au maniement du matériel et à quelques rudiments d'alpinisme. L'ascension commence par le franchissement de la fameuse cascade de glace, un dédale de crevasses immenses et de blocs de glace en suspension qu'il faut remonter sur plusieurs centaines de mètres pour atteindre le premier camp. Certains passages sont équipés d'échelles; entre les barreaux en aluminium, les grimpeurs ont une vue plongeante sur les profondeurs insondables du glacier. Ce trajet, ils vont devoir le répéter plusieurs fois afin que leur organisme s'habitue à l'altitude. L'acclimatation consiste en effet à enchaîner les montées et les descentes. À chaque fois, on gagne un peu plus de hauteur pour rejoindre les camps successifs. L'effort est harassant. D'autant que les bouteilles d'oxygène, qui diminuent artificiellement l'altitude ressentie, sont réservées à la dernière partie de l'ascension. Le soir, les grimpeurs se reposent tant bien que mal dans leur tente battue par les vents, le souffle court. Leur corps s'habitue peu à peu à ces allers-retours permanents. Monter, descendre, se reposer un peu, puis remonter. Ce jeu du yoyo va durer un mois. Jusqu'au 24 mai 2008. Il est 21 heures, la nuit est tombée sur l'Himalaya, et Nadir Dendoune sort de sa tente au camp 4, au col Sud, déjà presque 8 000 mètres d'altitude. Dans quelques heures, il l'espère, il sera en haut. «*Un pas, trois souffles*», raconte-t-il dans son livre. Nadir Dendoune progresse à la vitesse de l'escargot. Ici, personne ne court, même avec l'apport de l'oxygène. Chaque mètre gagné est une petite victoire. Nadir finit par atteindre le sommet Sud, à 8 750 mètres. Bientôt, les réserves d'oxygène s'épuisent et le Sherpa qui l'accompagne tente de le convaincre de faire demi-tour. «*Tu rigoles ou quoi, il reste que 100 mètres !*» lui oppose Samy, à bout de souffle dans le film *L'Ascension*; « *J'ai pas les moyens de revenir l'année prochaine ! Emmène-moi là-haut, s'il te plaît !*» Dans la véritable histoire, Nadir lui promet de l'argent s'ils continuent. Le Népalais se laisse convaincre et les voilà bientôt au pied du fameux ressaut Hillary, un mur de roche et de glace d'une douzaine de mètres. C'est la dernière difficulté avant le sommet... en haut, le spectacle est saisissant: l'Himalaya et ses sommets enneigés s'étendent à perte de vue, et rien désormais ne peut empêcher le petit gars du 93 de se hisser jusqu'à l'Everest. Neuf heures du matin, Nadir Dendoune y est ! Il a réussi ! Le monde, littéralement, est sous ses pieds.

Plus d'une décennie plus tard, il savoure encore ce moment, assis sur son banc à Chamonix. «*Comme tous les êtres humains qui peuplent cette planète, il y a des moments où je ne vais pas bien,* me confie-t-il. *Il m'arrive alors de fermer les yeux et de revoir les quinze derniers mètres de l'ascension où tu t'accroches, où vraiment t'en peux plus. Et là, tu arrives enfin là-haut. Je me suis senti comme l'homme le plus fort du monde, il ne pouvait rien m'arriver.*»

La voix est calme et posée. «*Ça m'a aussi permis de comprendre que le vrai Everest, c'est dans sa vie de tous les jours: faire en sorte qu'on trouve des petits bonheurs. Moi, mon petit bonheur c'est d'aller prendre un café chez ma mère – j'habite à 300 mètres de chez elle –, et chaque matin. Ça me fait kiffer !*» Nadir aurait-il atteint la sagesse et une forme de satiété ? «*Tu les pousses où les limites ? Parce qu'après l'Everest, qu'est-ce que je peux faire de plus haut ? Le plus bas peut-être ? Il faut peut-être arrêter de courir après ça, peut-être essayer de se calmer. Et l'Everest a aussi calmé ma rage et ma colère – parce j'avais une vraie rage, une vraie colère.*» Avant de partir pour le Népal, Nadir avait imaginé qu'il planterait au sommet les drapeaux français et algérien côte à côte, pour la photo. Une manière de «*réconcilier ses deux identités*», lui qui avoue se sentir «*de nulle part*». Mais ce 25 mai 2008, à 8 848 mètres d'altitude, lorsque Nadir plonge les mains dans son sac à dos, elles rencontrent un petit bout de carton découpé en forme de cœur. Au centre, il a écrit un nombre: 93. Le département de la Seine-Saint-Denis.

Certes, Nadir Dendoune n'est pas le premier à se hisser sur la cime de l'Everest... mais, son histoire est singulière. Depuis 1953 et la première ascension par Edmund Hillary et Tenzing Norgay, le sommet a été foulé plus de 10 000 fois. On a compté 885 ascensions rien qu'en 2019, un record ! Et onze morts cette année-là... Les fenêtres météo étant très étroites, on assiste épisodiquement à des embouteillages à plus de 8 000 mètres d'altitude.

Parmi tous les prétendants, on trouve parfois des gens sans grande expérience de la montagne, comme Nadir. «*J'ai connu un gars qui s'appelait Thierry, un type adorable, qui avait bidonné sa liste de courses auprès des guides qui organisaient l'expédition: ce n'était pas du tout un alpiniste et il a très bien réussi le sommet !* se souvient Jean-Michel Asselin, journaliste et écrivain, fin connaisseur de l'Everest. *J'ai vu des gens, des Américains, s'encorder dès la sortie de leur tente au camp de base, et apprendre à utiliser des crampons dans la cascade de glace ! Et cette année-là, moi, je ne suis pas allé au sommet de l'Everest, mais eux y sont allés !* » Pour autant, y a-t-il des rêves d'Everest plus légitimes que d'autres ? Jean-Michel Asselin est un authentique montagnard: il a tenté l'ascension à cinq reprises. Plusieurs fois, il s'est approché du sommet, mais sans jamais parvenir à le rejoindre. Il pourrait fustiger les « hurluberlus », ces non-initiés pour qui l'Everest n'est qu'un challenge et pas une montagne. « *Est-ce qu'il faut juger tout cela, est-ce qu'au nom d'une pseudo-légitimité on devrait sélectionner les gens qui y vont ?* fait-il mine de s'interroger. *L'Everest c'est très simple, on sélectionne par l'argent, parce que ça coûte très cher. Au mont Blanc, faut-il sélectionner en regardant le contenu des sacs ? En demandant une liste de courses ? L'alpinisme, la haute montagne, c'est un terrain de liberté, on doit donc laisser aux gens l'entièreté de leur choix. Ils font ce qu'ils veulent, comme ils veulent, comme ils peuvent, à condition encore une fois qu'ils sachent ce qu'ils encourent.* » Or sur l'Everest, le danger est omniprésent et la mort rôde. Quant à la gloire, elle est illusoire.

L'histoire de Nadir Dendoune a été racontée dans un livre, puis adaptée au cinéma. L'histoire d'un gamin de banlieue qui a décidé un beau jour d'aller au bout de son rêve. Cette expérience hors du commun, il continue encore aujourd'hui de la partager dans les collèges et les lycées, parfois dans les prisons. « *Je leur dis: "Il faut sortir de sa case. Il n'y a pas que le foot et la boxe dans les quartiers: tu peux faire autre chose."* » S'il continue de vivre à l'Île-Saint-Denis où il a passé son enfance, la montagne n'est jamais loin. Nadir Dendoune accompagne régulièrement des jeunes de la PJJ (Protection judiciaire de la jeunesse) lors de randonnées sur plusieurs jours, dans le massif du Mont-Blanc notamment. Il en tire une certaine fierté: « *Je me sens de mieux en mieux,* dit-il à l'aube de la cinquantaine. *J'ai trouvé un sens.* » Depuis son ascension de l'Everest en 2008, il a aussi « régularisé » son cv d'alpiniste. Nadir a escaladé le mont Blanc, l'Elbrouz, le Kilimandjaro et l'Aconcagua. Qui a dit qu'il n'avait aucune expérience de la haute montagne ?

11

L'ARCHIVISTE DE L'HIMALAYA

Pendant longtemps, les alpinistes qui débarquaient à Katmandou, la capitale du Népal, racontaient peu ou prou la même histoire. À peine avaient-ils poussé la porte de leur chambre d'hôtel que déjà le téléphone sonnait. La réception annonçait : « *Miss Hawley voudrait vous voir.* » Une heure plus tard, une Coccinelle bleu ciel modèle 1963 conduite par un chauffeur se garait en bas de l'établissement, et une petite dame frêle à la mise impeccable en descendait. À Katmandou en ces temps-là, inutile de chercher Miss Hawley. C'est elle qui vous trouve. Elizabeth Hawley est une Américaine qui a découvert le Népal un peu par hasard à la fin des années 1950, et qui n'en est jamais repartie. Durant plusieurs décennies, elle a documenté toutes les ascensions sur les géants himalayens, rencontré les plus grands grimpeurs ; elle validait les exploits et, parfois, débusquait les incohérences. Tout cela sans avoir jamais ou presque mis un pied en montagne.

Miss Hawley naît en 1923 à Chicago et, après des études en sciences politiques, elle débarque à New York en 1946 où elle se fait embaucher par le magazine *Fortune*. Quelques années plus tard, en 1957, elle démissionne et embarque seule pour un tour du monde de deux ans. Elle visite l'Europe de l'Est, l'URSS, se rend en Turquie, en Israël, dans la péninsule Arabique, au Japon… En Syrie, elle travaille six mois comme rédactrice pour l'ONU. Et puis elle découvre Katmandou au moment où le Népal, longtemps fermé, se dote d'une constitution et d'un parlement. De retour aux États-Unis, elle n'a qu'une idée en tête : repartir au Népal !

En septembre 1960, Miss Hawley, 37 ans, s'installe à Katmandou comme correspondante de l'hebdomadaire américain *Time*. Le pays est en pleine ébullition comme le relate France Inter dans son journal de 19 heures du 15 décembre : « *Au Népal, c'est le roi qui a démis le gouvernement : il a emprisonné tous les ministres et dissous le Parlement. C'est l'armée qui tient la situation en main. Situons en deux mots le Népal : petit État de 8 millions d'habitants perchés dans l'Himalaya entre l'Inde et le Tibet, monarchie héréditaire qui était absolue jusqu'à l'année dernière.* » Le royaume s'est doté d'une constitution, des élections ont eu lieu, remportées haut la main par le Parti du congrès mais Koirala, son chef devenu Premier ministre, est déjà en prison !

Les Occidentaux sont rares dans un pays qui, dix ans plus tôt, était encore hermétiquement fermé aux étrangers. Mais sans apprendre un mot de nepali, la journaliste fait son trou dans la capitale. «*Son premier centre d'intérêt à Katmandou, c'était la politique, bien avant son engagement dans le monde de la montagne qui a été la seconde étape dans sa carrière professionnelle*», souligne l'écrivaine canadienne Bernadette MacDonald qui lui a consacré une biographie, *Keeper of the mountains* («La gardienne des montagnes», non traduit). Bernadette MacDonald m'a raconté un aspect surprenant de la vie d'Elizabeth Hawley : « *Elle gagnait un peu d'argent avec une mystérieuse "KnickerBocker Foundation". La plupart des gens aujourd'hui pensent que c'était une couverture de la* CIA *pour observer le pays. Ce qui avait du sens puisque le Népal occupait une place stratégique sur la carte. Elizabeth ne démentait pas vraiment. Je lui ai posé la question ! Elle m'a répondu : "Peu importe, je ne sais pas. Ils voulaient juste que je leur raconte ce qui se passait dans le pays. Ce qu'ils faisaient avec ces informations, ce n'était pas mon problème !"* » Miss Hawley honorable correspondante ? À Katmandou, la journaliste côtoie les cercles du pouvoir népalais et fréquente les quelques expatriés qui se retrouvent souvent au *Royal Hotel*. Là-bas, elle croise ses premiers grimpeurs alors que le tourisme est encore balbutiant au Népal. Au réveillon du Nouvel An 1961, elle fait ainsi la connaissance du plus connu des alpinistes : le Néo-Zélandais Edmund Hillary qui a réalisé avec le Sherpa Tenzing Norgay la première ascension de l'Everest en 1953. Hillary revient tout juste de sa chasse au yéti [*voir chapitre* 2]. Ce sera le début d'une longue et solide amitié.

Si elle se passionne d'abord pour la politique, c'est bien la montagne qui va lui fournir son premier grand scoop, au printemps 1963. Cette année-là, les États-Unis organisent une grande expédition sur le Toit du monde. Tom Hornbein et Willi Unsoeld vont y tracer une nouvelle voie : ils escaladent l'arête ouest de l'Everest et bifurquent en direction de la face nord où ils remontent un couloir de neige, toujours appelé « couloir Hornbein ». Le 22 mai au coucher du soleil, les deux Américains parviennent au sommet et redescendent par l'arête sud-est. Vers 8 500 mètres, ils retrouvent leurs compatriotes Bishop et Jerstad qui les ont précédés de deux heures au sommet, et s'installent avec eux pour un bivouac glacial, sans équipement. Ils parviennent au camp de base, durement affectés par la nuit la plus haute jamais passée au grand air. C'est la première ascension américaine de l'Everest, et pour la première fois des grimpeurs ont réussi une traversée du Toit du monde.

À Katmandou, de nombreux envoyés spéciaux américains sont à l'affût. Ils sont tenus informés par l'ambassade américaine. Elizabeth Hawley, elle, espionne les communications entre le camp de base et l'ambassade sur un poste radio... Alertée avant les autres de la réussite de l'expédition, elle va doubler tous ses confrères d'une manière peu orthodoxe. « *Elle a téléphoné à l'ambassade américaine pour bloquer la ligne et pour que personne d'autre ne puisse avoir l'information !* raconte Bernadette MacDonald. *Pendant ce temps, avec une autre ligne de téléphone, elle a envoyé un télégramme annonçant le succès de l'ascension de l'Everest en 1963. Et elle a sorti le scoop !»*

*

La conquête himalayenne et les exploits des alpinistes passionnent le public, bien davantage que la politique intérieure népalaise ! Miss Hawley suit la tendance et, au fil des décennies, elle va côtoyer tous les grands noms de l'alpinisme, qu'ils soient britanniques, américains, japonais, coréens ou slovènes. Elizabeth Hawley, devenue incontournable, tient la chronique des ascensions pendant plus d'un demi-siècle, avec une méthode bien particulière et qui n'a guère varié au fil des ans. D'abord, elle récupère auprès du ministère du Tourisme la liste des alpinistes qui ont obtenu un permis d'ascension. Grâce à son réseau de connaissances, elle localise leur hôtel et leur passe un coup de fil pour convenir d'un rendez-vous. «*Elle avait un questionnaire standard,* explique Bernadette MacDonald. *Elle posait les mêmes questions à tout le monde: nom, date de naissance, nationalité, où habitez-vous ? Êtes-vous marié ? Une question un peu plus délicate... Êtes-vous célibataire ? Est-ce que vous vivez avec votre petite amie ? Êtes-vous divorcé ?*» Reinhold Messner, l'homme aux quatorze sommets de 8 000 mètres, avait coché toutes les cases: marié, célibataire, *et* en couple avec une petite amie. Miss Hawley aimait raconter cette anecdote, comme en 2014 au journaliste Ulysse Lefebvre: « *J'ai demandé à Messner: comment vous l'expliquez ? Il m'a répondu: "Eh bien, je me suis marié en Italie, et j'ai divorcé en Allemagne. Mais l'Italie ne reconnaît pas le divorce. Donc je suis marié en Italie, divorcé en Allemagne, et je vis avec ma petite amie, pas avec ma femme." Je lui ai dit: mais pourquoi vous avez coché la case "célibataire" ? Il m'a répondu: "Je me sens seul."* Elle poursuit, sarcastique: *... jusqu'à ce qu'il parte avec la petite amie d'un autre !* »

Bien entendu le fameux questionnaire comprend aussi des renseignements tels que le sommet visé, l'itinéraire envisagé, l'équipe engagée, etc. Et quand les alpinistes reviennent de leur expédition, il y a une seconde interview. « *En gros, c'est un questionnaire logistique* », résume le Français Rodolphe Popier. Rodolphe a été l'un de ses collaborateurs au Népal. « *On étudie, on recense, on collecte les informations relatives au déplacement de l'homme sur la montagne. Et sur le "comment", on note s'il y a eu prise d'oxygène, s'il y a des cordes fixes. Date par date, on va noter ce qui s'est passé pendant les phases d'acclimatation et d'ascension.* » En somme: les faits, rien que les faits. « *Ça en déroute beaucoup* », reconnaît Rodolphe. Imaginez donc cette petite dame frêle, sans aucune expérience *physique* de la montagne, et qui demande des comptes à des grimpeurs de haut niveau tout juste rentrés de plusieurs semaines d'expédition. Ce qui compte après tout, c'est le sommet, pas vrai ? Alors toutes ces questions ont de quoi agacer. Et pourtant, le « questionnaire » est devenu incontournable. Miss Hawley remplit ainsi des pages et des pages de description, alors que le nombre d'expéditions ne cesse de grandir d'année en année. La journaliste américaine travaille d'abord seule avant de s'entourer d'une petite équipe dont fera partie Rodolphe Popier.

Dans les années 1990, Miss Hawley fait la connaissance de Richard Salisbury, un alpiniste amateur également professeur d'informatique et spécialiste des bases de données. Salisbury tombe à pic: il va aider Elizabeth Hawley à numériser l'ensemble de ses entretiens avec les alpinistes, ce qui donnera naissance à « l'Himalayan Database », d'abord archivée sur un CD-ROM, et aujourd'hui disponible sur internet. Bien que Miss Hawley soit allergique à tout exercice physique – son expérience pratique se résume à deux ou trois treks en montagne –, elle a acquis au fil de ses rencontres avec les grimpeurs une connaissance très précise de la géographie des sommets. Or l'architecture de certaines montagnes peut être complexe, et parfois on peut se croire au sommet en toute bonne foi alors qu'on se trouve en réalité sur une antécime, distante parfois de plusieurs dizaines de mètres du véritable sommet. «*Sur les montagnes qu'elle connaissait bien, elle pouvait avoir des questions pièges,* se souvient Rodolphe, témoin de nombreux entretiens. *Pour le Cho Oyu, c'était systématique, elle posait la question: "Est-ce que vous avez vu l'Everest depuis le sommet ?" Il valait mieux l'avoir vu parce que si ce n'était pas le cas, cela voulait dire en gros que vous étiez sur la partie nord du plateau sommital. Et là, elle vous hachait menu ! Elle vous disait: "C'est pas bon, c'est pas le sommet !" C'est ce qui a alimenté la légende de Miss Hawley: cette justesse jusqu'au-boutiste vis-à-vis du sommet.*» Ce sens de la rigueur est d'autant plus important qu'un nouveau challenge est apparu dans les années 1980, un défi qui consiste à collectionner les quatorze sommets de plus de 8 000 mètres d'altitude. L'Italien Reinhold Messner fut le premier à boucler la liste en 1986. Messner fera des émules. L'Américain Ed Viesturs tenta par exemple le Shishapangma (8 027 m) en 1993. Il parvint à une bosse située à quelques mètres de dénivelé seulement du sommet; mais pour atteindre ce point culminant, il fallait parcourir une longue arête de neige... Seul, craignant les avalanches, Viesturs ce jour-là se contenta de l'antécime. De retour à Katmandou, comme le veut la tradition, il livra un compte rendu détaillé à Miss Hawley. «*Vous réalisez, n'est-ce pas, que vous n'avez pas escaladé le Shishapangma ?* lui aurait lancé la journaliste américaine. *Vous allez devoir revenir, et le faire vraiment !*» En 2001, suivant la recommandation (pour ne pas dire l'injonction) de Miss Hawley, il retourna au «Shisha», et atteignit cette fois le vrai sommet. Cette histoire en dit long sur la légitimité acquise par Hawley dans le petit milieu des himalayistes.

« J'ai parlé avec beaucoup de grimpeurs qui étaient intimidés par elle, par ses questions, souligne sa biographe Bernadette MacDonald. *Ils savaient qu'ils se feraient attraper s'ils mentaient, mais même s'ils ne faisaient qu'exagérer les choses. Je pense que la manière dont elle a gagné cette crédibilité, c'est d'abord grâce à sa formation : elle posait beaucoup de questions, elle savait écouter, et elle était intelligente. Elle comprenait vite qui était le plus expérimenté, quelle était la source d'information la plus fiable au sujet de ces ascensions. Et Reinhold Messner était l'un de ses plus proches amis. Elle l'interrogeait pendant des heures sur les ascensions du moment. On peut dire qu'elle a été peut-être un peu trop influencée par lui, mais indépendamment de ça, elle a été "éduquée" par les grimpeurs les plus expérimentés en Himalaya. »*

Elizabeth Hawley pouvait aussi agacer ses interlocuteurs avec des questions parfois inquisitrices. Le caractère bien trempé et peu diplomate de la miss n'arrangeait pas les choses. Rodolphe Popier, qui a réalisé des interviews pour elle, se souvient de cette intransigeance : « *On a tous pleuré, je pense, au moins une fois, on a tous craqué.* » Rodolphe, pourtant, est un solide gaillard ! « *On devait se rendre dans le quartier de Dili Bazar, chez elle puisqu'elle ne voulait pas utiliser internet. On ne devait pas transcrire nos interviews, on devait les écrire sur papier, à la main, et lui apporter à son bureau. Ensuite, comme une prof, elle lisait ta copie puis elle disait : "Là il manque ça, il manque ça", etc. Et en fin de saison, quand tu commences à emmagasiner un peu de fatigue, que tu en as marre et que tu te fais reprendre pour un truc ou un autre… Moi, je me souviens très bien avoir craqué et d'avoir dit "j'en ai marre". On y est tous passés.* » Rodolphe en sourit. Et il parle même « d'affection » à l'égard de son ancienne patronne : « *Oui quand même, parce qu'elle m'aimait bien, et puis je l'aimais bien aussi. L'instit' avait estimé que je travaillais quand même bien. Elle m'avait même dédicacé les deux tomes de son encyclopédie sur l'histoire politique du Népal…*

que je ne lirai sans doute jamais ! lâche Rodolphe Popier dans un rire. *Elle m'a dit que j'étais un "wonderful helper", autrement dit un très bon soutien. C'est cool, c'est déjà ça !* »

Derrière son air strict, son ton parfois cassant et ses manières d'un autre temps, Miss Hawley appréciait réellement les grimpeurs. L'encyclopédiste des 8 000 s'est éteinte le 26 janvier 2018 à Katmandou, sa ville de cœur. Elle avait 94 ans. Depuis, son équipe continue d'alimenter la chronique himalayenne. « *Elle n'a jamais imaginé à quel point toutes ces informations deviendraient importantes dans le futur,* fait remarquer Bernadette MacDonald. *L'Himalayan Database a été créée à partir de tous ses dossiers qui contenaient des années et des années d'interviews. Ce sont des ressources très précieuses pour des historiens qui écrivent ou réalisent des films au sujet de l'histoire de l'alpinisme en Himalaya. Je pense qu'elle était, à sa manière, une historienne de la montagne.* »

Aujourd'hui, un sommet de l'Himalaya porte officiellement son nom : le pic Hawley, dans la vallée du Dolpo, escaladé et nommé ainsi par le guide François Damilano pour rendre hommage à cette femme si singulière.

12

À la recherche du piolet de Trotski

La chaleur est étouffante en cette fin d'après-midi du 20 août 1940 lorsque Ramón Mercarder se présente à l'entrée d'une villa entourée de hauts murs et située au numéro 45 de la *Calle Viena*, au sud de Mexico, dans le quartier de Coyoacán. Ici, on n'entre pas comme dans un moulin, c'est le moins que l'on puisse dire. Mais les vigiles connaissent le jeune homme. Au Mexique, le Catalan Mercarder se fait appeler Frank Jacson; sa petite amie est une militante trotskiste américaine.

La scène a été reconstituée pour l'émission «La Tribune de l'Histoire», diffusée sur France Inter le 18 novembre 1970.

La cloche de l'entrée tinte. Les gardes en faction derrière le portail blindé de la propriété reconnaissent le visiteur:

— Regarde qui est là.

— C'est Jacson !

— Encore lui ?

— J'ouvre ?

— Naturellement ! Tu sais bien que le Vieux le reçoit, il aime beaucoup sa petite amie Sylvia...

— Moi aussi je l'aime bien Sylvia Ageloff, on la connaît depuis longtemps. Mais d'où vient ce Jacson ?

— C'est un Belge, un militant trotskiste. Sylvia l'a rencontré à Paris. C'est elle qui l'a présenté au Vieux.

La cloche retentit de nouveau.

— *Ouais, ouais, on ouvre !*

La porte grince.

— *Sylvia n'est pas avec vous ?*

— *Non, pas aujourd'hui.*

— *Vous savez, le Vieux est en train de travailler...*

— *Je lui apporte un article, il m'attend.*

— *Bon, venez avec moi.*

Mercader, alias Frank Jacson, entre ainsi dans la villa mexicaine de Lev Davidovitch Bronstein, plus connu sous le nom de Léon Trotski. « Le vieux », comme on le surnomme, vit ici en exil. Et il se sait menacé: trois mois plus tôt, une vingtaine d'hommes habillés en policiers ont mitraillé sa maison – Trotski en a réchappé de peu.

Mercader connaît les lieux, il est déjà venu dans cette bâtisse de la rue Viena. Ce 20 août 1940 vers 17 h 30, il s'y présente pour faire relire un texte à l'ancien dirigeant communiste. Un garde conduit le visiteur à travers le jardin où il croise l'épouse du révolutionnaire, Natalia, qui s'étonne de le voir porter à son bras une gabardine. Il fait une telle chaleur ! Trotski aussi se trouve dans le jardin et, ensemble, ils entrent dans la maison avant de se diriger vers le bureau. Natalia laisse les deux hommes seuls. Léon Trotski, barbichette blanche au menton et lunettes rondes sur le nez, s'est assis à la table et il se penche sur l'article que lui a remis Mercader. Debout derrière lui, celui-ci fait mine de regarder par-dessus l'épaule du correcteur. Dans son imperméable, l'assassin dissimule un piolet dont il a raccourci le manche afin, semble-t-il, de le rendre plus discret. Alors que Trotski est plongé dans la lecture du texte, Mercader saisit l'arme. Un cri terrible transperce alors les murs de la villa ! La victime hurle de douleur: le Russe vient de recevoir un coup de piolet près de la tempe droite ! Toujours conscient, Trotski se rue sur son agresseur et l'agrippe, jetant toutes ses forces dans la bataille. Alertés par les cris, les gardes du corps accourent et ceinturent Mercader. « *Il ne faut pas le tuer*, murmure le chef révolutionnaire. *Il faut qu'il parle* », parvient-il à articuler avant qu'on ne l'emmène à l'hôpital. Trotski y décédera le lendemain, le 21 août. Il avait 60 ans.

*

C'est sans doute l'un des assassinats politiques les plus marquants du XXe siècle. Si Mercader n'a jamais livré le nom de ses commanditaires, l'implication de Moscou ne fait aucun doute. Staline voue une véritable haine à l'égard de son ancien camarade de la révolution d'Octobre. Les divergences sont profondes entre les deux hommes : alors que Trotski souhaite exporter la Révolution à l'étranger, Staline campe sur l'idée d'un socialisme circonscrit aux frontières du nouvel empire bolchevique. Et c'est désormais lui, l'homme fort du régime. Mis sur la touche, Trotski est expulsé d'URSS en 1929 : commence alors pour lui une vie d'errance qui le mènera d'abord en Turquie puis en France, un pays pour lequel il obtient un visa en juillet 1933. Il séjourne à Barbizon, près de Paris, se rend en Ardèche, puis à Lyon et Chamonix. Les gouvernements successifs – il y en aura sept durant le séjour en France du théoricien révolutionnaire ! – aimeraient bien se débarrasser de cet hôte encombrant. Mais aucun pays ne veut accueillir chez lui l'ennemi juré du Tsar rouge. C'est en Isère, près de Grenoble, que Trotski finit par poser ses valises en toute discrétion. On est en juillet 1934 et le préfet lui a délivré de vrais faux papiers. Ainsi le dénommé Léon Lanis, un professeur roumain, s'installe-t-il avec son épouse au second étage d'une grande bâtisse située sur la commune de Domène. « *Mes parents ont très vite accepté* », se souvient Marguerite, 18 ans à l'époque et qui témoigne devant la caméra de FR3-Alpes à l'occasion du 50e anniversaire de la mort de Trotski. Le père de Marguerite était un instituteur franc-maçon, et un sympathisant de la cause trotskiste. «*Il était absorbé par son travail intellectuel. Il aimait que tout soit très régulier. À midi tapant, il venait manger: tout était prêt, c'est moi qui faisais la cuisine.*» Marguerite évoque aussi ces secrétaires arrivées pendant l'hiver et qui «*ont passé des nuits entières à taper des manuscrits, à traduire…*» Mais Trotski, alias Léon Lanis, doit reprendre la route de l'exil en 1935. Il se rend d'abord en Norvège, puis au Mexique – sa dernière destination.

Son meurtrier Ramón Mercader grandit en France avec sa mère. Celle-ci, Caridad Mercader, est une aristocrate espagnole d'origine cubaine, ce qui ne l'empêche pas d'être une fervente militante communiste. Elle deviendra d'ailleurs une agente du NKVD, la police politique des Soviets, ancêtre du KGB et du FSB. Le jour de l'assassinat, Caridad attend son fils au coin de la rue, dans une voiture. Mais les vigiles empêchent sa fuite. Ramón Mercader est remis à la police mexicaine.

*

Au cours d'une conférence de presse organisée juste après l'attaque, les enquêteurs exhibent le fameux piolet dont la lame est encore tachée de sang. Drôle d'arme du crime que cet outil qui fait davantage partie de la panoplie de l'alpiniste que de celle de l'assassin (notez d'ailleurs que Mercader n'a pas fait d'émule parmi ses confrères tueurs à gages). Le meurtrier avait également sur lui un pistolet et un couteau. Alors pourquoi s'est-il servi du piolet ? En ce qui concerne le revolver, on peut le comprendre: un tir aurait immédiatement alerté les gardes. Mais alors pourquoi pas le couteau ? Mystère. Sans doute le meurtrier pensait-il qu'un simple coup de piolet bien placé serait plus efficace et plus silencieux. Jacson-Mercader, l'agent du NKVD, est condamné à vingt ans de prison. Quant au piolet, il disparaît de la circulation. L'arme du crime suscite peu l'intérêt, à tel point que pendant longtemps on lira que Trotski a été assassiné avec un pic à glace. Mais d'où vient-il, ce piolet ? Et comment a-t-il armé la main du meurtrier ? On peut avancer sans trop risquer de se tromper qu'il a été forgé dans les Alpes où les alpinistes l'utilisent pour tailler des marches dans la glace ou pour enrayer une chute. On lit, çà et là dans la presse, que l'arme aurait été fabriquée par l'entreprise Simond à Chamonix. La marque, il est vrai, possède une renommée mondiale et elle équipera même les vainqueurs de l'Everest en 1953. On ignore si Mercader a jamais mis les pieds à Chamonix. Trotski y a brièvement séjourné au mitan des années 1930. Mais ça ne fait pas de lui un alpiniste et, surtout, ça n'explique pas où son assassin a pu se procurer le piolet... L'enquête va ainsi piétiner jusqu'à ce jour de 2005 où l'arme *présumée* refait surface. Une Mexicaine dénommée Ana Alicia Salas annonce qu'elle va vendre aux enchères le fameux piolet qui a servi à tuer Trotski ! Elle affirme l'avoir hérité de son père, le capitaine Alfredo Salas, ancien policier en poste au commissariat de Mexico. Ce dernier aurait reçu le piolet au titre de... cadeau de départ à la retraite ! Sa fille conservera pendant plusieurs décennies la relique sous son lit.

Apprenant la nouvelle, Esteban Volkov, le petit-fils de Trotski, propose de réaliser une expertise ADN pour vérifier qu'il s'agit bien de l'arme du crime. Et il suggère qu'en cas de correspondance, la fille du capitaine Salas fasse don du piolet au musée de la IVe Internationale. Elle refuse. Volkov en conclut que son authenticité est douteuse. C'est ici qu'entre en scène l'Américain Keith Melton, historien, spécialiste de l'espionnage et collectionneur. « *J'ai passé plusieurs décennies à chercher ce piolet,* confie-t-il. *Je suis allé à Moscou, à Mexico plusieurs fois, j'ai contacté tous les enquêteurs de la police encore en vie... Et puis un matin, au petit déjeuner, j'ai reçu un appel de San Francisco. C'était un collègue, il m'a dit: "Tu as vu que le piolet est réapparu à Mexico dans une conférence de presse ?"* »

Melton parvient, par l'intermédiaire d'un journaliste, à entrer en relation avec Ana Alicia Salas. « *Elle m'a contacté dans la journée, et je me suis envolé pour Mexico. Ça a été le début d'une période de négociation qui a duré trois ans. Le piolet qui a servi à tuer Trotski est peut-être l'arme la plus emblématique du* XX*e* *siècle. La mort de Trotski, à l'échelle mondiale, a eu même davantage de retentissement que l'assassinat de Kennedy une vingtaine d'années plus tard.* » Keith Melton, le détective-collectionneur, a commencé à traquer le piolet en 1975. Il a pu l'acheter en 2008 pour un montant qui restera secret.

Mais s'agit-il vraiment du piolet de Mercader ? On imagine mal Melton se faire berner, lui qui l'a cherché durant 33 ans. Mais une obsession peut aussi rendre aveugle... On sait qu'après l'assassinat le piolet a été conservé dans le petit musée du commissariat de Mexico. Le musée servait-il alors de réserve dans laquelle les fonctionnaires venaient piocher des cadeaux pour les officiers qui faisaient valoir leurs droits à la retraite ? Possible. L'historien, lui, apporte des éléments tangibles. Melton compare le piolet de Salas au cliché de la conférence de presse d'août 1940 où l'on voit un policier tenir en l'air une petite cordelette au bout de laquelle pend l'outil au manche coupé. Les dimensions correspondent – notamment la taille du manche. Et puis il y a ces traces bien visibles sur la lame du piolet... « *C'est la photo de l'époque la plus complète et la plus précise dont on dispose,* argumente Keith Melton. *Le général Manuel Nunez, chef des services secrets mexicains, montre à la foule une empreinte digitale imprimée sur une tache de sang. On ne sait pas s'il s'agit du sang de l'assassin, Ramón Mercader, ou celui de Trotski, mais il y a une empreinte sur la lame.* » À présent bien sûr, le sang a disparu, évaporé. Mais en séchant, il a rouillé l'acier. Melton met sur le coup l'un de ses amis, retraité du laboratoire du FBI. « *On a pris en photo le piolet et grâce à l'ordinateur on l'a comparée à celle prise pendant la conférence de presse de 1940, en respectant la position.»* Et là, bingo ! «*Tous les grains de rouille présents sur la lame correspondent précisément aux contours de l'empreinte photographiée en 1940.*»

Autre détail: sur le piolet acquis par Keith Melton, on peut lire cette inscription gravée sur la lame: « *Garantie*» suivi du nom du fabricant: « *Werkgen Fulpmes*». Fulpmes est le nom d'un village du Tyrol. Le piolet y a été forgé en 1928, affirme l'historien. Il s'agit donc d'un piolet autrichien et non pas français ! La vénérable entreprise Simond, à Chamonix, n'a donc jamais été mêlée à cet assassinat. Reste une question: comment Mercader se l'est-il procuré ? Interrogé par les policiers mexicains, il aurait soutenu l'avoir acheté en Suisse pour se balader sur les glaciers. Mais il l'a plus probablement volé à l'un de ses amis mexicains, qui lui était un alpiniste amateur. Keith Melton a confié le piolet au musée de l'espionnage à Washington. Il y est exposé parmi d'autres curiosités comme le revolver-rouge à lèvres, la caméra-briquet, ou le parapluie-mitrailleur.

Quatrième partie

Les étoiles filantes

13

UN OISEAU DE HAUT VOL

L'après-midi est déjà bien avancé ce 26 septembre 1988 sur la pente sommitale de l'Everest recouverte de neige soufflée par le vent. Un parapentiste vient d'y déplier sa voile aux couleurs de l'arc-en-ciel; il attache son harnais et, aidé par deux de ses compagnons de cordée, se place face à la pente. Il sent la petite brise sur son visage alors que la voile peine à se gonfler. Ce voltigeur vêtu d'une combinaison jaune fluo s'appelle Jean-Marc Boivin et il s'apprête à s'élancer en parapente depuis le Toit du monde. La neige durcie par le vent forme une croûte dans laquelle il s'enfonce et qui l'empêche de prendre son élan. «*Il a fait 5 mètres, il n'est pas allé très loin* se souvient son ami le guide grenoblois Gérard Vionnet-Fuasset. *En cassant, la croûte a formé comme un puzzle qui s'est mis en mouvement et les suspentes du parapente s'y sont accrochées. Tout était à recommencer.*» Dans quelques instants, Boivin va faire une nouvelle tentative. Va-t-il réussir à s'envoler depuis le Toit du monde ?

Comme Gérard, Claude Gardien est un proche de Jean-Marc Boivin. Lui n'était pas à l'Everest en 1988; ils se sont rencontrés dans leurs jeunes années au lycée à Dijon. «*La première fois que j'ai fait de l'escalade, c'était avec un certain Jean-Marc Boivin*», me lance-t-il, mi-amusé, mi-fier d'avoir fait un bout de chemin avec ce mythe inclassable. Claude est tout à la fois alpiniste et guide, journaliste et écrivain. Je suis allé le voir chez lui à Châtillon-sur-Cluses, en Haute-Savoie, pour évoquer le parcours de son ami. Lorsqu'il avait 15 ans, Claude fréquentait le Club alpin de Dijon avec d'autres ados de son âge. Le week-end, les apprentis grimpeurs se frottaient aux falaises calcaires de la campagne bourguignonne. «*Jean-Marc, c'était une locomotive: il était enthousiaste, il était fort, il avait deux ans de plus que nous, et un beau jour on s'est rendu compte qu'on ne pouvait plus faire ce qu'il faisait. Il a continué à progresser et nous, on avait atteint le plafond de verre ! Il avait une notion de l'équilibre, un don pour placer son corps,* se souvient Claude Gardien, toujours admiratif quelques décennies plus tard. *Les figures qu'il faisait à la piscine de Dijon sur le plongeoir de 5 mètres, c'était fabuleux ! En fonction du milieu naturel dans lequel il se trouvait, il comprenait vite la façon dont il devait se comporter. Je pense que c'est ce qui a fait de lui un grand alpiniste, un grand skieur, un grand pilote de delta et de parapente.*»

Boivin aime varier les plaisirs et combiner les disciplines.

Le 6 juin 1980, il lance le premier de ses «trois défis au Cervin». Première étape, la descente à ski de la très raide face est. Après avoir désescaladé les 200 premiers mètres, impraticables, il se faufile entre les rochers dans un enchaînement de virages sautés parfaitement exécutés. Puis une barre rocheuse de 5 mètres l'arrête. Il s'immobilise pendant de longues minutes, les bâtons en appui sur le rocher. Pas question de faire un rappel: il prend son souffle... et saute ! «*Ma réception sur une pente à 55 degrés est très violente et je l'accompagne d'une traversée rapide pour amortir le choc,* raconte-t-il dans *L'Abominable homme des glaces. Je me bloque quelques mètres plus loin, cramponné sur mon ski aval. Je viens de vivre l'instant le plus intense de ma vie de descendeur de couloirs.*»

Un peu plus tard, il est sur le plateau du journal de FR3 Bourgogne. Le journaliste l'interroge sur ces images:

— Je voudrais vous demander si tout de même on n'est pas dans la folie pure par moments ?

— Non, c'est très très calculé. Et bien sûr j'ai un entraînement qui est assez important, et quand je conçois un projet je le conçois de façon qu'il réussisse, c'est-à-dire que je mets toutes les chances de mon côté. Bien entendu il y a des risques, on ne peut pas empêcher une chute de pierres par exemple, mais quand on se prépare bien, on met toutes les chances de son côté... Disons que j'avais peu de chances de ne pas réussir.

Quelques semaines plus tard, Jean-Marc Boivin retourne au sommet du Cervin pour en redescendre cette fois en deltaplane. Ce jour-là, Claude Gardien fait partie de l'équipe de tournage. «*La difficulté du décollage du Cervin, c'était l'envergure de l'aile,* dit-il. *L'extrémité droite de l'aile – on dit un bout de plume en jargon de pilote de delta – fatalement allait frôler le rocher... Ça passait à 20 centimètres près. Et comme le vent était turbulent, il ne fallait pas qu'il se loupe ! Nous étions tendus comme des arbalètes ! Lui était tendu de concentration. Nous, on était verts de peur !*» confie Claude Gardien. Boivin donne son impulsion pour décoller. Les premières secondes sont les plus dangereuses... mais il prend son envol et rejoint une masse d'air qui le fait planer. Instant magique: « *Il était entre le Cervin et le mont Rose, un coup à droite, un coup à gauche, et l'hélico qui se tenait à distance pour le filmer. Il s'est posé sur le glacier du Cervin, heureux comme un roi.*» Pour terminer sa trilogie, Jean-Marc Boivin escalade la face nord du Cervin en solo.

*

Avec ses cheveux frisés, souvent retenus par un bandeau, et son sourire généreux, Jean-Marc Boivin séduit par son enthousiasme et impressionne par sa gestion maîtrisée du risque. L'utilisation du deltaplane lui ouvre de nouvelles perspectives: l'engin volant raccourcit les distances et permet de parcourir en quelques minutes ce qui, à pied, prendrait des heures. Naissent alors d'autres projets d'enchaînements. Le 17 mars 1986, quelques jours avant le printemps, c'est l'apothéose dans le massif du Mont-Blanc. Claude Gardien raconte:

« Il a d'abord escaladé une voie qu'il avait ouverte avec Patrick Gabarrou à la face nord de l'aiguille Verte, une voie difficile. De là, il a décollé en parapente et atterri sur le glacier d'Argentière. Ensuite il a fait la face nord des Droites, d'où il a décollé en deltaplane. Après ça, il a dû faire la face nord des Courtes, descendre de l'autre côté sur Talèfre et Leschaux pour aller aux Grandes Jorasses. Enfin il a escaladé le Linceul, et il a décollé des Grandes Jorasses pour rentrer à la maison.»

Cette liste qui suffirait à remplir une vie d'alpiniste, Boivin a mis vingt heures pour la boucler, en solitaire !

Sa frénésie d'ascensions ne se limite pas aux Alpes. Dès 1979, Boivin a décollé en deltaplane depuis les pentes du K2, à 7 400 mètres d'altitude. Du jamais vu ! Quelques années plus tard, en 1985, il tente de battre un nouveau record d'altitude en s'élançant du haut du Gasherbrum 2, l'un des quatorze sommets de plus de 8 000 mètres. «*On a gravi tous ensemble le Gasherbrum le 8 juillet, mais il y avait de mauvaises conditions de vol et je n'ai pas pu voler ce jour-là,* relate Boivin dans le JT de FR3. *Je suis donc redescendu au camp de base et le beau temps est revenu.*» Il sent qu'il peut tenter sa chance, alors il remonte une deuxième fois au sommet, d'une seule traite... «*Je suis parti de 5 800 mètres à 20 h 30 et j'étais au sommet à midi le lendemain, tout seul cette fois. Entre-temps, il y avait eu une tempête de neige et la voile de deltaplane était complètement enfouie. J'ai dû faire une tranchée de 50 centimètres et déblayer. J'ai mis quatre heures pour la sortir de la neige, une heure pour le montage et puis donc j'ai décollé. Il faisait très beau, un peu couvert sur la Chine mais pas du côté pakistanais. C'était fabuleux !»* L'expédition sera malheureusement endeuillée par la disparition du photographe japonais Toru Nakano qui suivait Jean-Marc depuis plusieurs années.

*

Au Gasherbrum 2, Boivin a prouvé que l'on pouvait décoller depuis les géants himalayens, et bientôt ce sera l'Everest ! Mais peut-être pas en delta. À la fin des années 1970, arrive en France une nouvelle façon de voler: le parapente. Plus léger, plus compact que le deltaplane, il se transporte aussi plus facilement. Jean-Marc Boivin ne tarde pas à l'adopter et, comme pour tout, il apprend très vite. Il suffit pour s'en rendre compte de lancer l'un de ses amis, Xavier Beauvallet, sur le sujet. Xavier est moniteur de parapente près de Grenoble, et concepteur de matériel. «*J'ai une histoire assez amusante*», commence-t-il. Jean-Noël Roche, Jean-Marc Boivin et lui décident un beau jour de partir en Suisse pour voler en parapente. Boivin, à cette époque, débute le parapente. «*Il me voyait faire des acrobaties, des vrilles à plat. Le soir dans la chambre d'hôtel, Jean-Marc me demande: "Comment tu fais ?" Alors je lui explique: "Tu baisses les mains, tu les relèves d'un seul coup, tu décroches à nouveau, tu remets ta voile droite, etc." Donc je lui montre comment faire des acrobaties mais... verbalement. Et le lendemain matin, je vois Jean-Marc Boivin et Jean-Noël Roche faire les acrobaties que je leur avais expliquées la veille au soir. Ils faisaient des acrobaties, parfaitement, à 100 mètres du sol alors qu'ils n'en avaient jamais fait avant ! C'était Jean-Marc: il écoutait bien et le lendemain il ne se posait pas de question, il faisait.*» Xavier Beauvallet en vient à fabriquer le harnais de parapente que Boivin veut emporter pour son prochain vol en Himalaya. «*C'était juste deux sangles... il ne fallait pas rester longtemps en l'air !*» se souvient le moniteur. « *Peu importe le confort, le tout c'est que j'arrive à décoller, une fois que serai en l'air je m'en sortirai !* » lui lance son ami. Le soir, dans l'atelier, Boivin l'interpelle : « *Enlève-moi ça, c'est trop lourd !* » Et la conception du prototype se prolonge ainsi jusqu'au petit matin... Chaque gramme compte dans la réussite du projet. Un projet que voici : gravir le Toit du monde, autrement dit l'Everest, et en redescendre en parapente. Boivin le boulimique annonce même qu'il veut ensuite remonter au sommet pour réaliser la première descente à ski !

L'expédition *Everest 88* est organisée par l'association « Auvergne Alpinisme », fondée par des alpinistes amateurs et présidée par un ingénieur, François Poissonnier. L'association a déjà à son actif, deux autres expéditions lointaines. Auvergne Alpinisme a aussi son champion en la personne du guide Marc Batard qui ambitionne de devenir le premier à réaliser l'ascension de l'Everest, depuis son camp de base, en moins de 24 heures. Les Auvergnats invitent Jean-Marc Boivin à rejoindre l'équipe. Mais, très vite, les choses se gâtent et durant la marche d'approche, avant même l'arrivée au camp de base de l'Everest, le groupe se scinde en deux. Jean-Marc Boivin et l'équipe d'un côté, Marc Batard de l'autre. Naturellement, Gérard Vionnet-Fuasset reste avec son ami Boivin. Cela fait une douzaine d'années qu'ils grimpent ensemble. « *Il ne peut pas y avoir deux soleils dans une même expédition* », me glisse pudiquement Gérard. De fait, les deux soleils vont briller cette année-là, mais séparément : l'un par son ascension express, l'autre par sa descente encore plus express.

Pour voler depuis le sommet de l'Everest, encore faut-il y monter, et ce n'est pas une mince affaire : il faut équiper la montagne de cordes fixes, monter le matériel, installer les différents camps d'altitude... le tout avec l'aide des Sherpas népalais dont le rôle est indispensable. Il faut par ailleurs laisser à l'organisme le temps de s'adapter à la très haute altitude. C'est tout le jeu de l'acclimatation : monter, descendre pour habituer progressivement le corps au manque d'oxygène. Et puis, il y a les températures, extrêmes : la fournaise le jour lorsque les rayons du soleil se réfléchissent sur la neige, le froid polaire la nuit, mais aussi en journée lorsque le vent se lève. Le 19 septembre, Jean-Marc Boivin et quelques-uns de ses compagnons sont au camp 3 à plus de 7 000 mètres d'altitude ; ils s'y reposent sous la tente toute la journée du 20 avant de se remettre en route dans la soirée. Rapidement, Jean-Marc et ses compagnons font demi-tour en raison des quantités de neige, trop importantes. Il faut attendre de meilleures conditions.

Le 25 septembre 1988, Boivin arrive au camp 4, au col Sud à environ 8 000 mètres d'altitude ; avec lui quatre membres de son expédition et trois Sherpas. Les sacs sont lourds : l'équipe emporte en plus des bouteilles d'oxygène une aile de parapente et une paire de skis. Dans les tentes, le réveil sonne à minuit et demi. On se prépare comme on peut, assommé par la fatigue et le manque d'oxygène. Il faut préparer le thé, enfiler ses chaussures, puis ses crampons. Dehors, la température est glaciale, mais le ciel est dégagé et il n'y a pas un souffle de vent. À 3 h 30 du matin, l'équipe se met en route. Les Sherpas Pasang, Sonam et Ajiwa partent devant, se frayant un passage dans la neige. Lorsque la pente se redresse, Jean-Pierre Frachon, André Georges et Gérard Vionnet-Fuasset prennent le relais. La petite équipe fait une pause alors que les premiers rayons du soleil éclairent le Makalu. Arrivé au sommet Sud, à 8 750 mètres d'altitude, Jean-Marc juge que les conditions aérologiques sont satisfaisantes. Le choix est fait, il descendra en parapente ! Il abandonne sa paire de skis, espérant revenir les chercher plus tard, lors d'une seconde ascension.

*

Une dernière difficulté attend l'équipe: le ressaut Hillary, un ressaut rocheux haut d'une douzaine de mètres, recouvert de neige. Boivin sort la corde, s'y attache et part en tête, déblayant au passage les prises pour les mains. Trente minutes plus tard, l'obstacle est franchi. Le sommet est en vue !

Jean-Pierre Frachon atteint la cime à 14 h 30, bientôt suivi par le reste de l'équipe: Gérard Vionnet-Fuasset, Jean-Marc Boivin, André Georges et Michel Metzger, qui devient ce jour-là le premier Français à gravir l'Everest sans oxygène ! Les Népalais Pasang Tshering, Sonam Tshering et Ajiwa Sherpa qui ferment la marche arrivent à leur tour sur le Toit du monde. Et voilà que Marc Batard débarque au sommet après une ascension éclair en moins de 24 heures et sans oxygène ! Pour Jean-Marc Boivin, le plus dur (peut-être) et le plus dangereux (certainement) restent encore à faire. La scène est cocasse: le voilà qui déplie la toile de son parapente multicolore flanqué du nom de l'un de ses sponsors, une marque de tuiles ! Des tuiles, sur le Toit du monde... une trouvaille de publicitaire ! Le parapentiste prend alors son élan, une première fois, puis une deuxième, sans succès. La neige croûtée ralentit sa course et la faible portance de l'air à cette altitude empêche la voile de se gonfler correctement: à chaque fois, Boivin retombe, les fesses dans la neige. À chaque fois, il doit remonter, à bout de souffle, il faut étendre à nouveau la voile au sol, sur la neige, en veillant à ce que les suspentes ne s'emmêlent pas. Gérard Vionnet-Fuasset d'un côté, André Georges de l'autre, se chargent de cette besogne. Après il faut «*regonfler la voile, repartir dans les traces qui sont déjà faites,* détaille Gérard Vionnet-Fuasset. *Et André Georges a alors un coup de génie ou un coup de folie – en fait un coup de génie puisque ça marche: il court dans les traces de Jean-Marc et le pousse ! Ce qui lui donne un peu plus d'élan et lui permet de décoller. Là, on l'entend crier de joie, il fait deux ou trois arabesques devant nous ! Nous, on est ravis, comme un gamin qui regarde ses jouets de Noël, on le voit tourner et s'en aller rapidement vers la combe Ouest avant de disparaître.»*

Le spectacle est magique: accroché à sa voile, Jean-Marc Boivin domine les géants himalayens, brinquebalé de droite à gauche par les vents d'altitude. Mais il vole ! Douze petites minutes plus tard, l'équipe du sommet apprend par radio que leur compagnon a rejoint le camp 2, 2 300 mètres plus bas. Il se pose dans la neige sous les applaudissements de ses occupants. Jean-Marc Boivin tout sourire vient de réaliser son rêve !

*

Trois semaines plus tard, à son retour en France, on lui demande sur un plateau de télévision: « *Jean-Marc, vous avez donc atteint le sommet de l'Everest, on ne peut pas aller plus haut. Qu'est-ce qui vous reste comme aventure ? C'est terrible ! On ne peut plus progresser !* » Boivin s'en sort par une pirouette: « *Pour ce qui est des vols d'altitude, c'est certain que c'est un point final. La prochaine fois, il faudra que je prenne un escabeau pour gagner quelques mètres ! Mais comme je pratique énormément de disciplines extrêmes comme la chute libre, le parapente, le delta, l'alpinisme évidemment... il y a des tas de combinaisons possibles et des tas de projets possibles dans le monde.* » Et si cette année-là Jean-Marc Boivin n'a pas pu monter au sommet de l'Everest une seconde fois pour en faire la première descente à ski, c'est semble-t-il pour une histoire de permis. L'année suivante, en 1989, il part au Groenland explorer les entrailles d'un glacier à 120 mètres de profondeur. Puis en février 1990, il s'envole pour le Venezuela. Ce sera son dernier voyage: Jean-Marc Boivin trouve la mort sur le tournage d'un épisode du magazine télé « Ushuaïa ». Après s'être élancé en base jump du haut de la cascade du Salto Angel, il ouvre son parachute, mais heurte la paroi et finit dans les arbres. Jean-Marc Boivin ne survit pas à ses blessures. Il avait 38 ans.

Xavier Beauvallet, le moniteur de parapente, retient sa gentillesse, sa discrétion, et aussi son appétit insatiable pour l'aventure. «*Jean-Marc avait toujours mille projets dans sa tête,* souligne-t-il. *C'est quelqu'un qui a peut-être vécu une vie courte, mais totalement intense.*» Une flamme qui continue de briller longtemps après sa mort. Le surfeur Marco Siffredi, le premier à avoir descendu l'Everest sur une planche de snowboard en 2001, avait fait de Jean-Marc Boivin son modèle. Marco portait parfois un bandeau floqué des initiales du maître – « JMB ». Ses enchaînements et la façon qu'il avait de combiner les disciplines inspirent aujourd'hui encore la nouvelle génération d'alpinistes.

«*Jean-Marc, c'est mon ami qui n'est plus là,* conclut Gérard Vionnet-Fuasset. *Pour les gens qui ne le connaissaient pas, c'était un touche-à-tout brillant, génial !*»

«*C'est l'un des plus beaux spécimens de ce qu'on a appelé les années fun, les années* 1980, complète Claude Gardien. *C'était les années fluo, on débarrassait l'alpinisme d'un côté un peu solennel pour en faire quelque chose de marrant. Jean-Marc, c'est peut-être ça qu'il a laissé. Il était réfléchi, il était entraîné, il était doué, etc. Mais ce qui restait c'était un sourire ! Le bandana, les cheveux frisés, les habits de lumière, des habits colorés, et puis quelque chose dans le regard: une flamme !*»

14

Le surfeur de l'Everest

« Ce sont les 30 derniers mètres de l'arête terminale, une corniche colossale qui tombe sur le versant Kangshung. Je lève les yeux et je vois qu'il y a des gens là-haut. Je me dis que je vais faire une photo, donc je m'agenouille, je sors mon boîtier… et j'ai vu arriver Marco, il a fait les trois premiers virages devant moi. Quelque chose se met à bouger et c'est évident, c'est Marco qui descend en surf. Un plaisir absolu !» Ce 23 mai 2001, Jean-Marc Porte est sur le point de rejoindre le sommet de l'Everest lorsque Marco Siffredi entame sa descente. Un coup de chance ! Jean-Marc est à l'époque le rédacteur en chef de *Montagnes Magazine*, mais il ne fait pas partie de la même expédition que le surfeur de l'extrême. Chaque groupe à sa propre logistique, sa propre organisation, son propre agenda. Cette rencontre à 8 848 mètres d'altitude a donc un petit goût d'inattendu. Jean-Marc Porte vient de prendre des clichés historiques: ceux de la première descente de l'Everest en snowboard !

Marco Siffredi n'a que 22 ans. Il a découvert le surf quelques années plus tôt, à l'adolescence, et à peine en est-il sorti qu'il est déjà l'un des meilleurs de la discipline. La montagne, il l'a dans le sang: Marco est né à Chamonix et son père, coiffeur de profession, a aussi un diplôme de guide de haute montagne. L'hiver à Chamonix, la neige remplit les couloirs sous les sommets, dessinant autant de lignes que les amateurs de pente raide – skieurs ou snowboardeurs – rêvent de descendre. Ce qui intéresse le jeune Marco par-dessus tout, ce n'est pas d'exécuter des figures acrobatiques. Son truc à lui c'est plutôt de réaliser des descentes extrêmes, dans des pentes vertigineuses. Le journaliste Antoine Chandellier, alors correspondant du *Dauphiné libéré* à Chamonix, se souvient de l'arrivée de ce jeune homme sur la scène médiatique au milieu d'une actualité dramatique. La fin des années 1990, c'est l'incendie du tunnel du Mont-Blanc, l'avalanche sur le hameau de Montroc, les morts en montagne. Marco, qui parle en verlan, porte des boucles d'oreilles et se teint les cheveux dans différentes couleurs, apporte un vent de fraîcheur. « *Pour moi qui commençais vraiment le métier de journaliste, ça me permettait de vivre à mon tour ces grandes heures de la montagne qu'on avait un peu perdues, ces heures des grandes premières,* confie Antoine Chandellier. *Lui, renouvelait le genre avec l'engin qui à l'époque incarnait le futur, c'est-à-dire le snowboard, et il descendait dans des pentes incroyables où il risquait sa vie. Je me suis passionné pour lui. Sa trace était balbutiante : au début, il faisait des premières qui étaient assez accessibles, et puis très vite il a fait le Nant Blanc.* »

*

Le Nant Blanc, c'est le versant de l'aiguille Verte qui domine la vallée de Chamonix. Une face complexe faite de neige, de glace et de rochers culminant à plus de 4 000 mètres d'altitude. Son ascension est déjà une aventure réservée aux alpinistes expérimentés... alors que dire de la descente ! La pente atteint par endroits les 55 degrés d'inclinaison. Avant Marco, seule une poignée de skieurs s'y étaient aventurés, un seul avait réussi : le génial Jean-Marc Boivin, grand collectionneur d'exploits [*voir chapitre précédent*]. Marco Siffredi en a fait son modèle. Boivin a réalisé la première à ski du Nant Blanc en 1989. Depuis, la face est demeurée vierge de toute trace. Siffredi s'y élance dix ans plus tard, le 17 juin 1999. Les photos de cette descente sont sidérantes :

on y voit un petit personnage campé sur sa planche de surf, un piolet dans chaque main pour enrayer un éventuel déséquilibre... Marco Siffredi semble minuscule au beau milieu de cet immense rideau de neige et de glace. «*Dedans, tu penses pas trop, tu penses à arriver en bas vivant,* confie-t-il plus tard devant la caméra de son ami Bertrand Delapierre. *Tu es concentré, tu penses à chaque virage.*» Le jeune chamoniard vient d'entrer dans l'histoire de la vallée, et dans celle du snowboard.

Marco Siffredi, peu porté sur les études, préfère arpenter le massif du Mont-Blanc avec son surf. Il a ses petites habitudes comme la descente de la face nord de l'aiguille du Midi (3 842 m), dont l'accès est grandement facilité par le téléphérique. «*Du centre-ville de Chamonix avec ses boutiques de souvenirs, en vingt minutes on est propulsé quasiment à 4 000 mètres, à l'aiguille du Midi,* souligne Antoine Chandellier. *Il enquillait trois, quatre, cinq descentes extrêmes dans la journée. C'était son manège, l'aiguille du Midi, c'est ça aussi qui m'a fasciné. Chamonix peut être un paradis, mais où le drame n'est jamais loin. Lui donnait une image de jouissance, de facilité, dans un univers où on ne perçoit que le danger, le risque.*» Déjà, le gamin de Chamonix voit plus loin que le bout de sa vallée. Avec son copain Bertrand Delapierre, il part en expédition dans les Andes, puis en Himalaya. Marco Siffredi franchit les paliers un à un: 5 000, 6 000, 7 000 mètres d'altitude.

À l'automne 2000, les deux compères gravissent leur premier 8 000, le Cho Oyu, et en redescendent en surf ! Comme le veut l'usage, Bertrand et Marco ont eu un entretien avec Miss Hawley à Katmandou avant de partir pour le Cho Oyu. L'archiviste des montagnes du Népal, à qui aucune ascension n'échappe, avait prévenu les deux Français: si vous ne voyez pas l'Everest, c'est que vous n'êtes pas au vrai sommet. «*De mémoire, il reste une bonne demi-heure entre le petit replat avant le sommet et le vrai sommet*», confirme Bertrand Delapierre. Arrivé sur la cime du Cho Oyu,

Marco voit donc l'Everest au loin. Et contracte le virus : « *Il fallait qu'il le tente,* dit son ami Bertrand. *Il s'est renseigné : il est allé voir des anciens, des gens qui avaient de l'expérience.* » Quelle est la période la plus propice pour tenter la descente de l'Everest ? Plutôt à l'automne, lui dit-on. Lui choisit le printemps, à un moment où la montagne est moins enneigée. Même Bébert est sceptique. Pourtant, « *il y a cru, il n'a pas lâché l'affaire comme on dit* ».

*

En mai 2001, Marco Siffredi est donc au pied de la montagne des montagnes, côté tibétain au pied du versant nord. Deux options s'offrent à lui pour la descente : le couloir Hornbein, direct depuis le sommet, ou le couloir Norton, plus à gauche, que l'on rejoint par la voie normale empruntée à la montée. Le Hornbein n'est pas assez enneigé : on est au printemps, la mousson n'est pas encore passée par là. Va donc pour le Norton ! La première étape consiste en toute logique à monter jusqu'au sommet. Et grimper l'Everest, ce n'est pas rien ! Commence alors le long et pénible travail d'acclimatation entre le camp de base et les camps d'altitude, afin d'habituer peu à peu l'organisme au manque d'oxygène, les bouteilles d'oxygène artificiel étant réservées aux derniers hectomètres de l'ascension. Marco Siffredi a convaincu quelques sponsors de l'aider à financer le voyage auquel son ami Bertrand Delapierre n'a pu se joindre. Sans lui donc, pas de caméraman ni de photographe. Le camp de base du versant tibétain est déjà bien peuplé en ce printemps 2001. Pas moins de trente expéditions y attendent un créneau météo. C'est là que Marco fait la connaissance de Jean-Marc Porte, journaliste pour la presse spécialisée. Et quelle n'est pas leur surprise à tous les deux lorsque débarque un jeune Autrichien affublé d'une planche de surf ! Lui aussi veut faire la première descente de l'Everest. « *La tuile !* » pense le Chamoniard. Ce concurrent imprévu tente sa chance le 22 mai :

il parvient au sommet, fait quelques virages en snowboard, s'arrête... puis continue à pied. La première descente de l'Everest en surf reste à faire. Ce jour-là, Marco est resté au camp 4 pour se reposer.

Peu après minuit, le 23 mai, Marco se réveille et fait fondre la neige sur son réchaud pour s'hydrater. Puis il enfile ses énormes chaussures d'altitude, fixe ses crampons. À 2 heures du matin, il sort de la tente et se met en route en compagnie du Sherpa Lopsang Temba qui porte sa planche. Le Chamoniard, vêtu d'une combinaison mauve, est en très grande forme. Après quelques pas d'escalade, Marco parvient sur la longue crête terminale défendue par trois ressauts. Il les surmonte et à 6 heures du matin, ce 23 mai, le voilà sur le Toit du monde ! Il y reste près de deux heures, pour savourer l'instant, mais aussi et surtout pour préparer sa descente. «*Je prends encore un peu d'oxygène, je chausse ma planche et j'y vais OK ?*» dit-il à la radio, essoufflé.

Aux alentours de 8 heures, il s'élance ! «*Marco m'est littéralement passé dessus,* se rappelle Jean-Marc Porte qui, lui, termine son ascension. *Il est passé devant moi et puis je l'ai vu disparaître dans le versant nord, vers le couloir Norton. L'horizon, au nord, ce sont les hauts plateaux tibétains, des mondes d'altitude ocre, jaunes, tachetés de lacs. C'est un horizon qui va jusqu'au bout du monde. Quand on est en haut de l'Everest, on commence à percevoir, comme sur l'océan, la courbure de la Terre. L'image que je garde c'est Marco qui disparaît vers ces mondes-là, pas du tout vers un paysage de montagnes acérées de la puissante barrière himalayenne. Il va vers une sorte d'épure désertique absolue.*» Marco Siffredi rejoint le couloir Norton par une traversée horizontale. Il se retrouve dans un véritable dédale, où il doit se frayer un chemin au milieu des barres rocheuses. À chaque virage, il faut donner une impulsion pour faire tourner sa planche. «*Je me souviens de Marco s'arrêtant dans les bourrasques de vent*», poursuit Jean-Marc Porte. Deux ou trois minutes plus tard, le surfeur disparaît de sa vue. «*Il y a juste un rocher devant toi, et après c'est plus ouvert»*, crache la radio. Plus bas, le chef de l'expédition Russell Brice suit Marco à la longue-vue et le guide: *« Bravo ! Après c'est beaucoup plus facile pour toi.»*

Moins de quatre heures après avoir quitté le sommet, Marco est de retour au camp de base, heureux d'avoir mené à bien un projet si ambitieux. «*Un grand saut dans le blanc à 8 848 mètres d'altitude: c'est ce qu'a accompli le jeune surfeur de Chamonix Marco Siffredi,* annonce la présentatrice du journal de France 2. *Il est âgé de 22 ans et il a descendu la face nord de l'Everest, une première mondiale.»* Et à peine a-t-il rejoint la France qu'il pense déjà à retourner à l'Everest ! Aux journalistes, il annonce déjà qu'il veut descendre le couloir Hornbein, une ligne parfaite sur la plus haute montagne du monde. «*La vraie descente elle est là, tous les vrais skieurs ou les vrais* riders *y ont pensé un jour,* dit-il à la télé. *Ce que j'ai fait c'est bien: j'ai eu de la chance, c'était cool. Mais bon... le but ultime, il n'était pas là.»*

*

Dès l'année suivante, Marco Siffredi repart à l'Everest, cette fois à l'automne, pour avoir de la neige. Son expédition est la seule à tenter l'ascension côté tibétain cette saison. Le Chamoniard a autour de lui une équipe réduite. «*Il accumule quand même les boulets aux pieds, les handicaps, les difficultés,* note le journaliste Antoine Chandellier. *Il est tout seul, il part dans un versant vierge, de l'autre côté de la montagne par rapport à son camp de base, il n'a pas de radio... C'est l'engagement absolu, cette face nord de l'Everest.»* Le 8 septembre 2002, Marco Siffredi est de retour au sommet de l'Everest, quinze mois seulement après sa première au Norton. Trois Sherpas l'ont accompagné jusqu'au sommet. L'un d'eux le filme. Marco, vêtu d'une combinaison jaune, a refermé les fixations de sa planche. Il est 14 h 12, il se lance, seul, dans la descente. Sur la vidéo, on entend l'un de ses compagnons lui dire : « *À demain, fais attention.* » Siffredi se dirige déjà vers le couloir Hornbein, puis quitte le champ de la caméra. On ne le reverra plus. Que s'est-il passé ensuite ? Est-il tombé ? A-t-il été pris dans une avalanche ? S'est-il retrouvé bloqué au milieu des barres rocheuses ? Impossible de le dire. La trace de Marco Siffredi s'arrête ici. Une trace qui, vingt ans plus tard, continue de forcer l'admiration. « *On peut le raccrocher à des acteurs de cinéma,* estime Antoine Chandellier, qui lui a consacré une biographie. *C'est un peu le James Dean de la montagne, ou le Jim Morrison : il incarne cet imaginaire d'une jeunesse qui brûle la vie par les deux bouts et qui n'a pas peur d'aller au bout de ses rêves, quitte à se brûler les ailes. Il s'est créé une aura dans l'imaginaire collectif, et même au-delà de l'univers de la montagne.* » Il appartient aussi à l'histoire de l'Everest, pour en avoir réalisé la première descente en snowboard. « *Reinhold Messner, le premier à avoir fait l'Everest en solo et les quatorze sommets de 8 000 mètres, classait, je crois, sa descente parmi les trois plus grandes réalisations sur l'Everest,* fait remarquer Antoine Chandellier. *Ça pose le personnage ! Même si, par rapport aux caciques de l'alpinisme traditionnel il était très peu académique et il était parfois contesté. Eh bien non ! Le grand maître Messner a dit : "Parmi les trois plus grandes réalisations sur l'Everest, il y a celle de Siffredi."* »

« *Beaucoup de snowboardeurs aimeraient avoir la même liste de courses,* constate Bertrand Delapierre, son grand ami. *Au-delà de la liste de courses, c'est son style, sa façon de faire, son toucher de neige. Des tas de jeunes maintenant sont encore impressionnés, c'est plutôt sympa vingt ans après. Ça redonne du baume au cœur.* »

Marco Siffredi, c'est l'histoire d'un jeune homme doué d'un talent extraordinaire et au destin tragique. Bertrand Delapierre a intitulé son film *Étoile filante*, l'expression est juste. « *Marco, c'est une lumière brève à l'échelle d'une vie d'homme, mais tellement intense,* conclut Jean-Marc Porte. *Tellement intense.* »

Remerciements

La Folie des hauteurs est d'abord un podcast original dont les premiers épisodes ont été élaborés pendant le premier confinement de 2020. Au départ de cette aventure, il y a donc la voix, le son, et les archives radiophoniques et télévisuelles – conservées grâce au travail des documentalistes de l'INA. Mes remerciements vont à mon collègue de France Bleu Isère Simon Berthier qui, depuis le début, assure avec talent la réalisation du podcast et met en musique ces histoires de montagne. Merci également à Jean-Lou Philippe, le directeur de la station pour son soutien indéfectible, Pierre Vénuat, le responsable technique, Ophélie Wallaert, directrice du numérique du réseau France Bleu qui a cru dès le départ à ce projet, et à ceux qui furent mes rédacteurs en chef Léopold Strajnic et Benjamin Bourgine. À travers eux, ce sont toutes les équipes de France Bleu que je veux remercier.

Ces histoires n'existeraient pas sans celles et ceux qui les ont vécues. Leurs témoignages sont précieux ! Je remercie chaleureusement Micheline Rambaud, Catherine Destivelle, Michael Gill, Jean-Paul Richalet, Pierre-Yves Chays, Gérard Feldzer, Erich Beaud, François Gouy, Maël Baguet, François Damilano, Alain Robert, Jean-Marc Rochette, Nadir Dendoune, Roland Pin, Bernadette MacDonald, Rodolphe Popier, Gilbert Loreaux, H. Keith Melton, Claude Gardien, Xavier Beauvallet, Gérard Vionnet-Fuasset, Jean-Marc Porte et Bertrand Delapierre.

Merci à mes confrères Jocelyn Chavy et Ulysse Lefebvre (*Alpine Mag*, partenaire du podcast « La folie des hauteurs »), Antoine Chandellier (*Le Dauphiné libéré*), sans oublier l'incontournable Jean-Michel Asselin (France Bleu) ! Leur connaissance du grand livre de la montagne m'a été d'une grande aide.

Merci enfin à Sophie Cuenot pour son soutien et ses relectures.

Bibliographie et documents

Chapitre 1 : Douze femmes et l'Himalaya

– Une biographie de Claude Kogan, disparue en 1959 au Cho Oyu : *Première de cordée* de Charlie Buffet, Robert Laffont, 2004.

– Un récit de souvenirs : *Voyage sans retour* de Micheline Rambaud, Éditions du Mont-Blanc-Catherine Destivelle, 2021.

Chapitre 2 : Un scalp de yéti dans les mains de Sir Edmund

– Une biographie : *Edmund Hillary* de Michael Gill, Potton & Burton, 2017.

– Un récit : *6 mois à 6 000 mètres* de Edmund Hillary et Desmond Doig, Plon, 1963.

– Un bijou d'humour anglais : l'« Appendice B » d'*Everest 1938* de Bill Tilman, Arthaud, 1952.

Chapitre 3 : Erich Beaud, un pas dans le vide pour l'histoire

– Un film américain : *Sunshine Superman*, réalisé par Marah Strauch en 2014, retrace l'histoire de Carl Boenish, le pionnier américain du base jump.

– Un site internet : BFL, pour « Base Fatality List » recense et décrit tous les accidents de base jump depuis 1981 (474 à la date de mars 2024).

Chapitre 4 : Catherine Destivelle, la preuve par le Dru

– Une autobiographie : *Ascensions* de Catherine Destivelle, Arthaud, 2003.

– Un film : *11 jours dans les Drus* de Gilles Sourice et Bernard Rebatel, Fanny Production, 1991.

– Un portrait : *Catherine Destivelle* par Philippe Claudel dans *100 alpinistes*, Guérin, 2015.

Chapitre 5: Henri Guillaumet, la cordillère, l'ange et la bête

– Une biographie: *Henri Guillaumet, pionnier de l'Aéropostale* de Marcel Migeo, Arthaud, 1996.

– Un documentaire: *La Septième Planète* de Denis Ducroz (réalisateur) et Pierre-Yves Chays, diffusé dans les « Carnets de l'aventure » d'Antenne 2 en 1984.

– Un roman: Antoine de Saint-Exupéry, *Terres des Hommes*, Gallimard, 1939.

Chapitre 6: Un film culte

– Un film documentaire indémodable: *La Vie au bout des doigts* de Jean-Paul Janssen, 1982.

- Une émission de radio: « Raison d'être », France Culture, 1983.

– Un dictionnaire de référence sur la montagne au cinéma: *Dico Vertigo* de Bernard Germain, Guérin, Chamonix, 2019.

– Une biographie: *Patrick Edlinger* de Jean-Michel Asselin, Guérin, Chamonix, 2013.

Chapitre 7: Alain Robert, Le soliste des buildings

– Une autobiographie: *Haute tension, L'Homme-araignée se raconte* d'Alain Robert, Le Cherche-Midi, 2014.

Chapitre 8: Jean-Marc Rochette, le piolet et le crayon

– Un roman graphique et autobiographique: *Ailefroide, altitude 3 954* de Jean-Marc Rochette, Casterman, 2018.

– Une bande dessinée: *Transperceneige* de Jacques Loeb, Jean-Marc Rochette et Benjamin Legrand, Casterman, 1984. Adaptée en film par Bong Joon-ho (en 2013) puis en série télévisée (en 2020).

– Deux romans graphiques de Jean-Marc Rochette complètent la trilogie montagnarde amorcée avec *Ailefroide*: *Le loup* et *La Dernière Reine*, Casterman, 2019 et 2022.

Chapitre 9: René Desmaison et l'Alouette des Jorasses

– Une biographie de René Desmaison: *La Montagne en direct* d'Antoine Chandellier, Guérin, 2010.

– Un récit autobiographique: *342 heures dans les Grandes Jorasses* de René Desmaison, Flammarion, 2016.

Chapitre 10: Nadir Dendoune: 8848 + 93

– Un récit autobiographique: *Un tocard sur le toit du monde* de Nadir Dendoune, JC Lattès, 2010.

– Un film adapté de l'histoire de Nadir Dendoune: *L'Ascension* réalisé par Ludovic Bernard, sorti en salles en 2017 (production De l'autre côté du périph).

Chapitre 11: Miss Hawley, archiviste de l'Himalaya

– Un récit biographique: *Keeper of the Mountains: The Elizabeth Hawley Story* de Bernadette MacDonald, Rocky Mountain Books (2012). Non traduit.

– Une base de données https://www.himalayandatabase.com

Chapitre 12: À la recherche du piolet de Trotski

– Un éclairage historique: *Staline contre Trotski* d'Alain Frerejean, éditions Perrin, 2016.

– Un film: *L'Assassinat de Trotsky*, réalisé par Joseph Losey en 1972, dans lequel Alain Delon incarne Ramón Mercader.

Chapitre 13: Jean-Marc Boivin, un oiseau de haut vol

– Une autobiographie haletante: *L'Abominable Homme des glaces* de Jean-Marc Boivin, Flammarion, 1983.

– Un récit sur l'expédition de 1988: *8848 mètres de bonheur* de Jean-Pierre Frachon, 1990.

– Un documentaire de 26 minutes sur le vol de Boivin : *Everest... l'expé du ciel*, réalisé par Jean Afanassieff et Dominique Planche, 1988.

Chapitre 14 : Marco Siffredi, le surfeur de l'Everest

– Une biographie : *La Trace de l'ange* d'Antoine Chandellier, Guérin, 2005.

– Un film hommage : *Marco Siffredi, étoile filante*, de Bertrand Delapierre, production Seven Doc, 2008.

– Un film de fiction inspiré de la vie de Marco Siffredi : *Tout là-haut*, réalisé par Serge Hazanavicius, sorti en salles en 2017 (le personnage principal est interprété par Kev Adams).

Table des matières

Il a été tiré de l'édition originale de cet ouvrage
1 000 exemplaires numérotés, de 1 à 1 000

TIRAGE LIMITÉ
EXEMPLAIRE
NUMÉROTÉ

0125

Paulsen

Achevé d'imprimer par Ermes Graphics
à Turin (Italie) en mai 2024
Dépôt légal : juin 2024
ISBN : 978-2-35221-519-6